# 오늘 밤은
# 스윅이 넘칠 거야 2

# 오늘 밤은 스웩이 넘칠 거야 2

잇츠 쇼 타임!

**초판 1쇄 펴낸날**   2024년 12월 12일

**지은이**   강경수
**펴낸이**   홍지연

**편집**   홍소연 이태화 김선아 김영은 차소영 서경민
**디자인**   이정화 박태연 박해연 정든해
**마케팅**   강점원 최은 신예은 김가영 김동휘
**경영지원**   정상희 여주현

**펴낸곳**   (주)우리학교
**출판등록**   제313-2009-26호(2009년 1월 5일)
**제조국**   대한민국
**주소**   04029 서울시 마포구 동교로12안길 8
**전화**   02-6012-6094
**팩스**   02-6012-6092
**홈페이지**   www.woorischool.co.kr
**이메일**   woorischool@naver.com

ⓒ강경수, 2024
ISBN 979-11-6755-422-2 43810

**만든 사람들**
**편집**   차소영
**디자인**   박해연

# 오늘 밤은 스웩이 넘칠 거야 2

## 잇츠 쇼 타임!

✦ 강경수 장편소설

우리학교

# 차례

# TRACK 1

모든 것이 그대로였다. 학교생활도, 학원에 다니는 규칙적인 일과도 변하지 않았다. 물론 내가 공부할 양도, 엄마의 잔소리도 여전했다. 학생 신분으로 달리 할 게 뭐 있겠냐마는, 적어도 말리와 나는 우리가 겪은 엄청난 모험을 기억하고 있다.

리마인드하자면, 국어 과외를 하던 아리따운 아리 샘이 우리 동네에서 벌어지던 살인 사건의 범인인 줄 알았는데 실은 지구를 파괴할지 말지 조사하러 온 외계인이었다. 또 다른 외계인인 흰머리 남자는 아리 샘이 타고 온 우주선을 빼앗으려고 했다. 그래서 나와 말리는 아리 샘을 도와 그녀를 지구 밖으로 피신시켰다. 그것은 열여섯 살 고등학생 둘이 감당하기

버거울 만큼 대단하고 아름다운 우주적 모험이었다. 다만 세상 누구도 그것을 알아주지 않았다.

그 사실이 서운하기도 했지만, 딱히 사람들의 칭송을 받기 위해 외계인을 도운 것은 아니었다. 그래도 우리가 해낸 일이 대단하다는 건 변함없다. 그 결과 세상은 이전과 다름없이 돌아가고 있지 않은가.

"이건 불공평해, 브로. 저 사람들 좀 봐. 다들 출근하고, 밥 먹고, 똥 싸는 모습을 보라고. 저런 소소한 일상을 지켜 낸 게 우리라는 걸 아무도 몰라. 광장 한복판에 우리 동상을 세워서 지나갈 때마다 인사하게 해야 해. 아니면 집집마다 초인종을 눌러서 우리가 해낸 일을 알리자. 우리에겐 그럴 권리가 있다고. 유남생?"

여전히 혀 꼬부라진 소리로 떠들어 대는 말리는 아파트 단지를 돌아다니며 전도 활동을 하듯 우리가 80억 지구인을 구한 장한 청소년이라고 말한 뒤 돈을 걷자고 했다. 바보 같은 소리다.

"핼러윈도 아니고 집집마다 돌아다니면서 돈 달라고 해 봐라. 돈 대신 은팔찌가 생길걸?"

내가 대꾸했다.

하지만 말리의 마음은 어느 정도 이해할 수 있었다. 우리가 해낸 일은 그 정도로 대단한 것이었다. 돈을 걷는다면 만 원

이상씩은 걸어야 할 판이다. 지구를 두 쪽 내려던 외계인의 마음을 돌렸는데도 어디 가서 입도 뻥끗하지 못한다. 응당 받아야 할 포상을 우리는 포기했다. 왜냐면 외계인과 접촉한 사실을 비밀에 부치기 위해 우람한 8기통 자연 흡기 엔진을 단 캐딜락이 우리를 따라다니고 있기 때문이다. 처음에는 그 모습이 무서워 벌벌 떨었지만, 인간은 적응의 동물이라고 하지 않던가? 이제는 두렵다기보다 애꿎은 고교생을 억압한다는 사실에 짜증이 났다. 하지만 캐딜락도 얼마 지나지 않아 우리의 시야에서 사라졌다.

"말리야. 요새 그 아저씨들 안 보이지 않냐?"

내가 물었다.

"댓츠 라잇, 브로. 언제부터인가 캐딜락이 보이질 않아."

"이상한 기분이야. 왠지 안 보이니까 조금 섭섭한 거 같기도 하고. 소외된 기분? 왜 있잖냐, 이제 이용 가치가 떨어져서 우리 같은 건 상관없어진……."

말리가 내 말에 고개를 끄덕였다.

영화에서나 나올 법한 대단한 모험을 한 우리였지만, 이제는 진짜 완전히 평범한 인간이 된 것이다. 그 사실에 쓸쓸함이 느껴졌다.

꿈같은 일이었다. 이렇게 치부하는 게 맞을 듯싶다. 그게 정신 건강에도 좋다. 그런고로 오늘 영어 학원은 제낀다.

우리의 찬란한 과거는 빛바랜 그림이 되었다. 헛헛함 때문인지 모르겠지만 말리와 나는 예전으로 돌아갔다. 내가 사랑한 외계인과 그녀가 들려준 이야기를 양분 삼아 불타올랐던 나의 꿈도 눈부신 햇살 아래 아이스크림처럼 순식간에 녹아내렸다. 아리 샘과 달리는 차 안에서 했던 말은 깡그리 잊어버렸다.

할리우드 진출을 꿈꾸며 샀던 시나리오 작법서는 자습 시간에 사용 중이다. 두꺼워서 베개로 쓰기 안성맞춤이다. 무언가를 공부해 이뤄 나간다는 건 굉장히 지루하고 힘든 일이었다. 말리도 나와 마찬가지로 풀었던 머리를 다시 빵빵하게 말아 올렸고, 편의점 아르바이트는 때려치운 지 오래였다.

"힙합은 프리 아니겠어? 유남생?"

말리는 머리를 도끼빗으로 푹푹 찌르며 자유주의자 본연의 모습으로 돌아왔다. 알바비를 착실히 모아 멋진 중고차를 사겠다던 야심 찬 계획도 코를 쑤시고 난 뒤 손에 묻은 코딱지처럼 멀리 튕겨 버렸다. 아디오스!

그리하여 뜨거운 열정은 온데간데없이 사라지고 다시 나태와 게으름만을 품은 우리는 편의점 파라솔 아래에 죽치고 앉아 있다.

세상은 단순하지도 동화 같지도 않다. 공주와 왕자는 오래오래 행복했습니다. 하지만 사실 왕자는 파티광에 호색한이었고, 백설 공주는 사교댄스에 빠져 둘 사이에 불화가 일어났습니다.

일곱 난쟁이는 사회 보장 보험에서 제외되었습니다. 짜잔!

무엇보다 나의 불타올랐던 열정이 확 식어 버린 데에는 아리 샘이 크게 작용했다. 이 이야기는 조금 뒤에 다시 하겠다.

"아, 지루하다. 인생이 허무해."

내가 기지개를 켜며 말했다. 그러자 말리가 갑자기 두 눈을 반짝이며 내게 몸을 기울였다.

"브로, 우리는 이 상태를 벗어나야 해. 유남생? 이 길고 지루한 시간을 타개할 돌파구가 필요하다고."

말리는 뭔가 계획이 있다는 듯 말했다.

"그게 뭔데?"

내 말에 말리는 뜸을 들였다. 하지만 그것이 어설픈 연기라는 걸 난 알 수 있다.

"영화 동아리 만들면 어떨까? 브로."

"영화 동아리?"

내가 되물었다.

"예, 브로. 브로가 아리 샘 때문에 삶의 의욕을 잃었다면 그걸 다시 살려야지."

"그게 말처럼 쉽냐? 지금 내가 영화 만들 시간이 어디 있어? 엄마가 눈 벌겋게 뜨고 감시하고 있는데."

나는 내 처지를 알렸지만 말리는 포기하지 않고 나를 설득했다.

"뎀, 브로. 우리에게는 충만한 경험이 있잖아. 그 가슴 뛰는 현장을 떠올려 봐. 그걸 바탕으로 시나리오를 써 보라고. 음악은 걱정 말고, 브로."

흐음, 영화 동아리라……. 우리는 이유 모를 허무함에 시달리고 있었다. 1억에 산 비트코인이 2,000만 원이 된 것 같은 기분. 맞다. 해결 방안을 찾아야 했다. 내 내면에 영화적 불씨를 되살릴 수 있는 무언가를. 연초에 붐비던 헬스장이 3월이 되면 썰렁해지듯 나의 의욕도 그러했다.

"야, 누가 고2나 돼서 동아리 활동을 하겠냐? 생각해 봐. 지금 다들 내신 올리려고 안달 난 거 너도 잘 알잖아."

세상에 너처럼 편한 놈들만 있는 게 아니라는 보편적 사실을 말리에게 일러 줬다.

"브로, 일단 주변에 한 명 있잖아."

"누구?"

내 물음에 말리는 손끝으로 지그시 자신을 가리켰다.

"너?"

"예아, 브로. 나는 프리한 펼슨이잖아. 우리 집에서도 거의 포기한 상태고. 유남생?"

고백하자면 말리의 동그란 머리통을 볼 때마다 붐 마이크가 떠오르는 것을 멈출 수가 없었다. 녀석은 외형에서부터 영화적 에너지를 방출하고 있었다.

흠, 하지만 뭔가 썩 당기지 않았다. 과연 영화 동아리를 한다고 해서 인생에 드라마틱한 변화가 올까? 그렇지만 말리가 하도 하자고 난리 치는 바람에 나는 고개를 끄덕이며 수락했다.

"그렇다면 나머지 인원은 어디서 구하지?"

내가 혼잣말처럼 중얼거렸다.

"주변에서 알아봐. 대입 포기한 녀석들 중에 담배 안 피우고 술 안 마시는 정신 멀쩡한 애들 있을 거 아니야. 유남생?"

그런 애들은 대부분 오타쿠거나 영화에 관심 없는 부류다. 그러나 가능성은 항상 열려 있다. 내가 영화를 좋아하게 된 것도 할아버지 덕분이니까. 만약 할아버지가 살아 계셨다면 1순위로 섭외했을 거다. 할아버지는 영화를 사랑했던 분이니까. 그렇게 생각하니 조금 슬펐다. 할아버지는 인생을 먼저 경험한 어른의 편견 없는 시선으로 조언을 해 주고 삶의 지혜를 알려 주던 분이다. 항상 진짜 중요한 것이 무엇인지를 강조하셨다.

"수학 문제 몇 개 틀리는 거, 그따위가 무슨 소용이야? 중요한 건 사랑을 하는 거야. 젊을 때 경험하지 못하면 아득히 먼 우주처럼 사라지고 만다니까. 물론 대학에 가면 기회가 더 많긴 하겠지."

이 얼마나 멋진 말인가. 수학 문제 따위에 연연하지 말라고 쿨하게 말씀하셨지만, 결국 대학에 가서 연애를 하기 위해서는 지금 틀린 수학 문제에 관심을 기울이라는 은유적 화법! 이것이 진정한 스웩이 아니고 무엇이란 말인가. 이런 면이 내가 할아버지를 존경할 수밖에 없는 부분이다.

"스웩."

나는 혼잣말로 속삭였다.

"왓?"

그런 내 모습에 말리는 기가 찬다는 듯 쳐다봤다.

"아니야. 그냥 혼잣말이야."

이제 집에 돌아갈 시간이다. 하늘 위에 별들이 반짝이기 시작했다. 아무리 그래도 수학 학원까지 빠지는 건 생을 포기하는 것과 마찬가지다. 엄마가 나를 가만두지 않을 것이다. 엄마는 언젠가 저 먼 강원도 섬에 있는 기숙 학원에 보내겠다는 엄포를 놓은 적이 있다. 말은 행동의 씨앗이다. 이대로라면 감자에 싹이 나듯 언젠가 기숙 학원으로 떠나는 내 모습을 볼 수 있을지 몰랐다. 그러기 전에 수학 학원에 가야 했다. 한숨이 나오기는 했지만 그래도 남은 인생은 굴러간다.

"넌 어떡할 거냐?"

내가 말리에게 물었다.

"유, 나는 이대로 집에 가기 싫으니까 노래방 갈 거야, 브로."

"요즘 노래방에 자주 가네?"

내가 물었다.

"예쓰, 예쓰. 나에게 곧 큰 이벤트가 있을 예정이거든. 지금은 궁금해하지 마. 때가 되면 알게 되니까. 유남생?"

말리의 목에 걸린 커다란 헤드폰에서는 여전히 욕이 섞인 외국 음악이 흘러나왔다. 뭔가 내 관심을 불러일으키고 싶었던 모양인데 결과는 실패다. 말리가 하는 짓이라는 게 뻔하다. 부풀린 머리만큼 허풍이 대단하기 때문이다. 나는 알겠다고 고개를 끄덕이고 의자에서 일어났다.

"브로."

말리가 나를 불렀다.

"왜?"

"정말 괜찮아? 그러니까 아리 샘……. 유남생?"

말리는 사뭇 진지한 표정으로 물었다. 나는 이 질문의 의미를 잘 알고 있었다. 말리 같은 녀석이 이렇게 진지하게 말할 정도로 내게 중요하고, 무겁고, 슬픈 이야기라는 걸.

"그래, 완전히 헛다리야. 우리, 아니, 내 착각이었어."

내가 침울하게 말했다.

말리도 내 말뜻을 알아듣고는 고개를 끄덕였다. 우리는 의자를 정리하고 아이스바 포장지를 쓰레기통에 버린 뒤 각자의 길로 갈 준비를 했다.

"노래 연습 많이 해."

"어브 코스, 브로. 이따가 연락하자고."

말리와 작별 인사를 나누던 그때, 어디선가 다급한 발소리가 들렸다. 소리가 나는 쪽으로 고개를 돌리자 우리 학교 교복을 입은 어떤 여자애가 뛰어오고 있었다. 그 여자애는 뿔테 안경을 끼고 머리를 포니테일로 질끈 묶은 채 필사적인 뜀박질을 하고 있었다. 주변과 동떨어진 모습에 눈길이 갔다.

"얼른 뛰어! 화장실까지 1분!"

말리가 여자애를 향해 소리쳤다. 저 여자애가 화장실이 급해서 뛰어가는 거라고 생각한 모양이었다. 일면식도 없는 여자애에게 저런 소리를 하는 것은 도대체 어떤 정신머리를 가진 인간일까?

나는 창피해서 말리와 얼른 멀어져 수학 학원으로 갔다.

# TRACK 2

모든 것은 착각이었다. 살다 보면 예측할 수 없는 수많은 상황이 벌어지고 그 안에서 인간은 덧없는 착각에 빠진다. 나 또한 마찬가지였다. 교생 실습을 마치고 우리 학교에 부임한, 눈이 크고 머리카락이 웨이브 진 아리따운 선생님은 아리 샘이 아니었다.

무슨 말이냐고 묻는다면 문자 그대로다. 나는 새로 온 국어 선생님이 우리와 함께 전 우주적인 모험을 하고 우정을 나눈 외계인 아리 샘인 줄 알았다. 교실에 들어서며 우리를 보고 환하게 웃는 모습에, 그녀가 나와의 약속을 지키려고 다시 돌아온 줄 알았다. 외모도, 국어 과목을 가르치는 것도 똑같았으니까. 놀란 나는 자리에서 벌떡 일어나 큰 소리로 외쳤다.

"아리 샘!"

내가 소리치자 반 아이들과 담임, 그리고 아리 샘까지 동그래진 눈으로 나를 쳐다봤다. 대부분 '저놈이 미쳤나?' 하는 눈빛을 보내고 있었다. 그러나 그깟 게 뭐 대수겠는가. 내가 난감함을 느낀 것은 나를 바라보고 있는 아리 샘의 의아한 얼굴이었다. 그녀는 두 눈을 동그랗게 뜨고는 부임한 첫날부터 재수가 옴팡지게 없다는 듯한 표정을 짓고 있었다. 당황한 내 눈에 아리 샘이 칠판에 적어 놓은 이름이 들어왔다.

'이아현.'

나는 잠에서 깬 아기 비버처럼 두 눈을 비비고 칠판에 적힌 이름을 다시 봤다.

"야, 김준호. 이 자식이 졸다가 일어났냐? 새로 오신 선생님 앞에서 무슨 짓이야?"

담임이 내게 호통쳤다.

이럴 수가. 사태를 파악해야 했다. 그녀는 분명 아리 샘과 똑같은 외모에 목소리며 웃는 얼굴, 체형까지 똑같았다. 그러나 부임 첫날부터 소리 지르는 놈을 마주친 그녀는 적잖이 긴장한 기색이었다.

어쩌면 그녀가 아리 샘이 아닐 수 있겠다는 생각이 들었다. 이아현이라는 이름과 너 같은 놈은 처음 봅니다요, 라고 말하는 듯한 저 표정. 내가 계속 어정쩡하게 서 있으니 주변에서 아이들이 킥킥대는 소리가 들렸다. 나는 풀리지 않는 의문을 안고 다시 자리에 앉았다.

"이 선생님. 애들이 워낙 활기차서 그런 겁니다. 너무 놀라지 마세요. 준호 저놈이 공부는 못해도 원래는 얌전하고 착실한 녀석인데. 허허허."

담임이 너털웃음을 치자 그제야 아리 샘, 아니 아현 샘이 아, 네, 하며 살짝 미소 지었다.

"우리 도메인 우주 연합은 지구보다 훨씬 발전된 과학 기술을 가지고 있어. 우리는 머리카락 한 올로도 인간 복제가 가능해."

순간 아리 샘의 옥구슬 굴러가는 듯 영롱한 목소리가 귓가에 맴돌았다. 그렇다는 것은 설마 내가 사랑했던 외계인이 복제한 인간이 지금 우리 학교에 부임한 아현 샘이란 말인가?

아, 이 얼마나 기구한 운명의 장난이더냐. 큐피드 녀석이 쏜 화살은 내 겨드랑이를 사정없이 스치고 지나쳐 버린 것이란 말인가? 나는 이런 결론을 내릴 수밖에 없었다. 이성적 사고와 논리적 추론을 통해 얻어 낸 답이었다. 참고로 난 반에서 30등이다. 담임 말대로 성적이 좋지 않다. 그러니까 내가 내린 결론이 맞는지 안 맞는지는 나도 모른다는 소리다. 아리 샘을 보고 터질 듯 부풀었던 나의 가슴은 다시 쪼그라들었다.

그렇다고 여기서 포기할 수는 없는 일이었다. 이성적으로는 그렇다 쳐도 나의 영혼은 그걸 용납하지 않았다. 모든 것은 검증되어야 한다. 새로운 국어 선생님이 외계인인지 지구인인지, 지구인이라면 단순히 아리 샘에게 복제당한 것인지 확실한 교차 검증을 거쳐야 했다. 반에서 30등 하는 내가 낸 아이디어치고 훌륭하다.

그로부터 며칠 후, 나는 교무실로 아현 샘을 찾아갔다. 점심시간이 거의 끝나 갈 무렵이었다. 다행히 선생님은 교무실에 남아 컴퓨터로 무언가를 작성하는 중이었다. 아현 샘 말고도 다른 선생님이 몇 분 계셨지만, 그들은 내 등장을 신경 쓰지 않았다. 나는 조용하고 신속한 걸음으로 아현 샘에게 다가갔다.

"어, 너."

다가오는 나를 발견한 아현 샘이 말했다.

그렇다. 부임 첫날부터 강렬한 인상을 남긴 탓에 나를 한눈에 알아보신 거다. 그 증거로 아현 샘의 표정이 살짝 어두워졌다. 내가 품었던 일말의 기대가 파도에 부서지는 포말처럼 변해 갔다.

"선생님. 안녕하세요."

"아, 그래. 교무실에는 어쩐 일이야?"

아현 샘이 말했다.

"아, 지난번 수업 때 창작시 제출하라고 하신 것 때문에 선생님께 한번 보여 드리고 조언을 듣고 싶어서요."

나는 노트에 적어 온 시를 펼쳐 아현 샘에게 내밀었다.

"어머, 그래?"

아현 샘의 얼굴에 화색이 돌았다. 신임 교사로서 아직 때 묻지 않은 순수함과 열정이 있는 게 보였다. 내게는 첫 만남의 실수를 만회할 기회였다. 그러나 내가 진정으로 원하는 건 아현 샘이라는 존재의 정체를 확인하는 것이다. 그걸 확인하지 않고서는 나는 오늘 밤 잠에 들지 못할 것이다. 아현 샘은 내가 쓴 시를 차분히 읽었다.

"잘 썼는데?"

아현 샘이 반달 같은 눈웃음을 지으며 나를 올려다봤다. 그때 커튼이 바람에 날리며 창밖에서 키 라이트가 번쩍였고, 그녀의 머리 위로 핀 조명이 쏟아졌다. 연한 노란색 필터가 교무실 전체를 물들이는 듯했다. 아현 샘은 단정한 감색 블라우스에 연보라색 주름치마를 입고 있었다. 손목에는 그녀와 어울리는 귀여운 팔찌가 찰랑거렸다. 하지만 약지에 끼워져 있는 반지를 보자 가슴이 철렁 내려앉았다. 아차, 정신 차리자. 이런 망상을 하려고 이곳에 온 게 아니다.

"그런가요? 감사합니다, 선생님."

"그래. 그런데 어떤 점이 궁금한 거니? 시어나 표현 방법, 아니면 운율 문제를 묻고 싶은 거니? 한번 들어 볼까?"

아현 샘이 말했다.

"저는 시 자체가 아니라 이 시가 이끌고 가는 이라고 해야 하나, 이 시를 읽고 난 뒤에 독자가 어떻게 느낄지 매우 궁금합니다. 제가 시에 의도한 부분이 있는데, 그것이 독자에게 가 닿을지 의견을 여쭙고 싶습니다."

내 말에 아현 샘은 오호, 이 녀석 생각보다 잘생겼네, 라는 표정으로 나를 바라봤다. 물론 농담이다. 아현 샘의 눈썹 한쪽이 지그시 올라갔다.

"그러니까 한밤중에 외계인을 만났고 사랑에 빠져 모험을 했다는 내용의 시잖아. 멋진 상상력인걸. 젊음과 인생의 메타포가 살아 있는 것 같아. 요즘 애들은 그런 이야기를 꺼리잖아. 물론 네 표현이 감정을 풍부하게 만들었어."

"정말요? 감사합니다. 그런데 '도메인'이라는 곳이 등장하는데 선생님이 보시기에 그곳은 어떤 곳일까요? 좀 더 입체적으로 표현하고 싶은데 선생님이시라면 조금 더 능숙하지 않으실까 합니다."

나는 월척을 낚으려는 낚시꾼처럼 밑밥을 솔솔 뿌렸다. 내말을 들은 아현 샘은 조금 생각하더니 방긋 웃으며 말했다.

"글쎄, 도메인이란 어떤 곳일까? 인터넷 세상을 또 다른 우주로 가정하고 쓴 게 아닐까 생각했는데. 우리가 간단하게 접속하는 인터넷 주소, 그것도 도메인이라고 부르잖아. 웹 속에 무수히 펼쳐져 연결된 세상을 말하고 싶었던 건 아니니?"

와, 이게 저렇게도 해석이 되는구나. 역시 문과는 다르네.

"먼 우주의 다른 행성 같은 게 떠오르지는 않으시나요? 막 물방울 모양 우주선 같은 것도 떠오르지 않으시고요?"

나는 조바심에 아현 샘을 다그쳤다.

"음, 솔직히 나는 잘 모르겠는걸. 그건 시를 쓴 네가 더 잘 알겠지."

아현 샘은 내게 노트를 돌려주며 말했다.

"선생님, 혹시 집이 시골이신가요?"

"시골?"

아현 샘은 두 눈이 동그래져서 반문했다.

"아니, 나 서울에서 나고 자랐는데. 홍제동. 혹시 나 시골 사람 같니?"

아현 샘의 말에 나는 고개를 저으며 아니라고 대답했다. 정말 멍청한 질문이었다. 이런 질문을 하면 촌스럽다는 말을 돌려 하는 줄 알 것이다.

"소를 좋아하시지는 않나요?"

하지만 내 입에서는 점점 더 멍청하고 이상한 질문이 흘러 나오고 있었다. 시에 대해 토론하러 온 녀석이 하는 말치고 맥락이 없었다.

"소고기? 음, 좋아하지. 하지만 선생님은 돼지고기가 더 맛있더라. 입맛이 고급은 아닌가 봐. 그런데 준호야, 선생님한테 그런 게 왜 궁금하니?"

아현 샘은 문학 소년에게 품었던 호감이 점점 옅어지며 내가 벌이고 있는 퍼즐 풀기를 경계하는 눈치였다.

"이 시에 등장하는 외계인이 소를 좋아하거든요. 지구에서 우주로 소를 데려가려고 해요."

"어머, 나도 그런 거 본 적 있어. 영화에서 그런 장면을 본 기억이 나네. 외계인이 소를 납치해 가는 장면."

아현 샘은 내 속도 모르고 재밌다는 듯 손뼉을 쳤다. 아아, 이젠 모든 게 끝이다. 내가 세웠던 가설이 완벽히 맞아떨어진 것 같다. 아리 샘은 아현 샘의 머리털이든 코털이든 입수해 그녀의 유전자를 복제하여 피부 가죽을 만든 것이다. 결과적으로 아현 샘은 나와 접점이 1도 없는 사람이었다. 세상에나. 이런 가혹한 현실이라니.

그것도 모르고 아리 샘이 나를 위해 지구로 돌아온 줄 알았다니. 아무것도 할 수 없는 내 처지가 기구하고 야속하다. 실망한 나는 넘지 말아야 할 선을 넘고 말았다. 마치 마술사의 입에서 리본을 뽑아내듯이 얼빠진 내 입에서 한심한 그 한마디가 흘러나오고야 말았다.

"선생님, 남자 친구 있으세요?"

이것은 나의 의지와 상관없는 말이었다. 아니, 강력하게 답을 원하는 질문이었지만, 냉정하게 생각해 보자면 절대 해서는 안 될 질문이었다. 하지만 후회해 봐야 이미 엎질러진 물이었다.

아현 샘의 서글서글한 표정은 아수라 백작의 다른 쪽 얼굴처럼 차갑게 식어 버렸다. 가끔 꼴통 같은 녀석들이 선생님, 첫사랑 얘기해 주세요, 라고 떠들어 대며 기존 사회의 질서와 기성세대의 권위를 쿠크다스처럼 조각내고 싶어 한다는 걸 아현 샘도 이미 들은 바 있을 것이며, 지금 여기 서 있는 나도 그 범주에 포함될 것은 당연했다.

"방금 질문은 못 들은 걸로 할게. 준호는 이제 점심시간 끝났으니 교실로 돌아가."

아현 샘의 차가운 목소리가 내 귀에 꽂혔다.

이 일로 나는 큰 상심에 빠졌고 뜨거웠던 내 열정은 빠르게 식었다. 그리하여 나는 자이언트 빈백에 누워 팝콘을 씹으며 빈둥대던 예전의 모습으로 돌아가 버렸다.

# TRACK 3

---

와우. 내 입에서 나온 감탄사다. 와우, 망했다. 그렇다. 철저하게 망했다. 외계인은 사라졌다. 나의 공간과 사회와 나라와 지구와 우주에서 영영 사라져 버렸다.

그러니까 저 감탄사는 기쁨과 놀람이 아니라 한탄과 슬픔이 녹아든 자조적인 비참함, 그 자체였다.

우리 반 뒷자리에 앉은 녀석이 쉬는 시간에 핸드폰을 꺼내 들며 했던 말이 있다.

"야, 들어 봐. 우리 삼촌이 백수인데, 집에서 맨날 논다고 구박만 받았거든. 그런데 어느 날 대문을 박차고 당당히 들어오더래. 그러면서 통장 잔고를 보여 줬는데 거기에 놀라운 액수가 찍혀 있는 거야. 코인에 투자해서 대박이 난 거지. 그래서 집에서 난리가 났어. 우리 아들 어릴 적부터 똑똑했는데 이제야 빛을 보네, 라며 삼촌 할머니가 신이 나셨어. 그렇게 코인 가격이 올랐을 때 삼촌은 뒤도 안 돌아보고 팔아 치웠지. 그런데 며칠 후에 삼촌이 끙끙 앓고 있더라는 거야. 왜 그런지 봤더니 팔았던 코인 가격이 두 배로 뛴 거 있지. 삼촌은 열받아서 다시 코인을 샀고, 다음 날 떡락을 맞고 가지고 있던 원금도 반 토막 나 버렸어. 여기서 중요한 건 뭐다? 사람의 욕심은 끝이 없다는 거지. 이미 딴 돈에 만족해야 하는데, 더 가질 수 있었다는 사실에 미치는 거야. 그러고는 원금도 날려 버리는 거지. 재밌는 일이지?"

그렇다. 인간 메커니즘을 아주 정확하게 설명해 주는 이야기라고 생각한다. 나는 외계인을 만나 그녀와 사귀기 직전까지 갔다. 하지만 아리 샘은 나를 두고 우주로 떠나 버렸다. 나의 가슴에 크나큰 구멍을 내 놓고, 메울 생각도 없이 사라져 버린 것이다. 자신과 똑 닮은 아현 샘을 남겨 두고서. 차라리 아현 샘을 만나지 않았다면……. 인간의 행복에는 리미트가 있지만, 고통에는 리미트가 없다. 이 상실을 도대체 어디서 메워야 한단 말인가.

"브로, 이제 인정해. 사람은 그렇게 사는 거야. 다른 사람들이라고 가슴에 구멍 하나 없이 살겠어? 이지, 브로."

말리가 한 말이 떠올랐다. 모두가 이런 상실을 안고 살아간다고? 일상생활이 가능한가? 이렇게 공허하고 인생의 의미가 옅어지는 나날을 견디며 살아간단 말인가?

"브로, 큰일 났구만. 이거 중증이야. 의사도 못 고쳐. 브로, 내가 충고하는데 우주로 떠나간 아리따운 누님은 잊어야 해. 그리고 브로가 해야 할 일이 뭔지 알아?"

말리의 말에 나는 고개를 저었다.

"브로는 연애를 해야 해. 유남생?"

말리가 말했다. 그건 고2 학생에게 전혀 어울리지 않는 충고였으며, 학업을 포기한 녀석다운 발상이었다.

하지만 그건 정답이 아니다. 내 가슴에 다른 이성을 들일 자리는 없다. 그렇다면 나는 무엇을 위해 살아가야 한단 말인가? 사춘기도 지났건만, 이 실존적인 고민의 답은 어디서 찾아야 하는가.

"어이구, 여기 니체가 계셨구만. 너 자꾸 헛소리할래? 그 시간에 영단어 하나를 더 외워 봐라. 도대체 넌 누굴 닮아 그 모양이니?"

사랑하는 어머니가 말씀하셨다. 하지만 인생의 어떤 시기에는 조정이 필요하다. 나의 인격과 재능과 외모가 발달하면서 이제 어엿한 성년으로 인정을 받아야 할 시기가 왔다.

엄마와 나는 비난과 다툼의 시기를 보내고 있었다. 이런 나를 엄마는 '별종 놈의 새끼'라고 명명했다. 영어 학원을 빼먹은 나에게 어울리는 욕이라나. 학원비를 하루치로 계산하면 5~6만 원가량 될 것이다.

아빠는 그 돈이면 알리에서 최고급 갑오징어 루어 낚싯대를 살 수 있다며 분통을 터뜨렸다. 이름 앞에 갑이 들어가다니, 얼마나 대단한 오징어인가. 나는 갑오징어에게도 밀리는 존재다. 소니 캠코더를 사 주셨을 때의 마음을 조금 떠올리시면 좋겠다는 생각이 들었다.

대단한 모험 뒤에는 이렇듯 대단한 몰락이 기다리고 있었다. 나는 몰락의 한가운데서 밀려드는 공허를 온몸으로 처맞고 있었다. 나도 이성적으로는 안다. 지나간 것은 지나간 대로 의미가 있다는 걸. 시간이 답이라는 생각이 들었다.

문득 말리가 꺼낸 영화 동아리 이야기가 떠올랐다.

맞는 말이다. 이제는 나도 과거에 파묻혀 허우적대는 게 아니라 뭔가를 해야 했다. 이 상실감과 허무함을 이겨 내고 앞으로 나아가야 한다. 그리하여 나는 영화 동아리를 결성할 것을 선포한다. 이제 외계인은 잊고, 그녀가 내게 해 준 볼 키스도 잊고, 인류의 종말을 막은 것도 잊고, 나는 나의 길을 가련다.

계획은 이렇다. 일단 멋진 모집 공고부터 만들어서 학교 게시판에 붙일 생각이다. 뛰어난 문장과 가슴을 뜨겁게 만들 호소력으로 나와 같이 아직 자신이 갈 길을 정하지 못해 방황하는 학우들을 모아 영화를 찍을 것이다. 물론 감독은 내가 맡아야 한다.

일단 스태프가 필요하다. 말리는 붐 마이크를 담당할 것이다. 지나가는 사람들은 누가 말리이고 누가 붐 마이크인지 헷갈릴 거다. 내 주장에 말리도 동의했다. 그리고 스태프 한두 명이 더 필요했다. 없다면 내가 직접 하면 된다. 배우도 필요하다.

단편 영화를 만든다고 해도 주인공은 필요한 법이다. 여자 주인공이 꼭 필요했다. 1인극을 만들 생각은 없지만, 현실적인 문제를 고려한다면 1인극이 될 수도 있다. 멋진 시나리오도 준비해야 한다.

일단 큰 가닥을 잡아 놨으니 영화 동아리 공고부터 만들어야겠다.

지금 시각은 밤 열한 시. 학원에서 돌아온 나는 책상 앞에 앉아 이런저런 궁리를 한다. 〈제리 맥과이어〉에서 제리가 한밤중에 제안서 초안을 작성하듯 나도 모집 공고를 만들었다.

'에트랑제'에서 미래 한국 영화계를 이끌어 갈 영화인을 모집합니다.
영화 동아리 에트랑제는 참신하고 패기 넘치는 여러분을 기다리고 있습니다. 영화를 사랑한다면 누구나 가입 환영합니다.
지친 일상에 활력을 불어넣고 싶다면 에트랑제에 오세요.
참고로 에트랑제에는 뛰어난 감독과 영화 인력, 최신식 소니 전문가용 카메라가 준비되어 있습니다.

신청서는 아래 메일로 보내 주시기 바랍니다.

메일: cinekid678@ndver.net


난 모니터에 띄워 둔 글을 보며 만족스러운 웃음을 지었다. 흡사 대기업 채용 공고처럼 고풍스럽다. 물론 연봉이나 4대 보험 이야기는 없지만.

글에서는 꿈과 열정이 넘쳐 나고 있었고, 이 척박한 시대를 살아가는 학우들의 숨통을 틔워 줄 희망이 엿보였다. 물론 동아리의 주인공은 내가 될 테지만 그건 어쩔 수 없는 일이다. 영화란 감독 놀음이니까.

모니터에서 빛이 뿜어져 나오며 글자 하나하나가 살아 움직이는 듯 보였다. 누군가 녹내장이나 백내장이 있는 거 아니냐고 묻는다면 고개를 저을 것이다. 내가 쓴 이 명문은 지리 동태탕처럼 맑고 담백했다. 선의가 있고, 꿈을 대변하며, 사랑을 응원하고 있었다. 참고로 에트랑제는 프랑스어로 이방인이라는 뜻이다. 우주적 차원에서 보면 종이 다른 존재, 별종을 뜻할 수도 있다. 왜 프랑스어냐, 라고 묻는다면 대답해 드리는 게 인지상정. 프랑스는 뤼미에르 형제가 최초의 영화를 만든 곳이자, 아방가르드나 누벨바그 등 새로운 영화 흐름을 만들어 전 세계 영화 산업에 중요한 역할을 한 곳이다.

이 공고문은 대량 인쇄할 계획이다. 희망으로 반짝이는 노란색 A4 용지를 사용할 것이다. 그것이 나의 명문을 더욱 눈에 띄게 해 줄 것이다. 공고문 옆에 베레모와 선글라스를 쓴 내 모습도 그려 넣었다. 잘 그렸다고는 못 하겠지만 나름 귀여운 그림이다. 분위기는 충분히 전달되니 만족이다.

어느새 자정이 다가왔다. 엄마가 내 방문을 열고 들어오다가 모니터를 뚫어져라 보며 자판을 두드리는 나를 보고는 흐뭇한 미소를 짓고 소리 없이 방문을 닫았다. 내 두 눈에 피어오르는 열정을 감지한 것이다. 그래, 이런 느낌을 너무 오래 잊고 살았다. 공고문을 작성하느라 혹독한 노동을 한 내 뇌를 쉬게 하고 있을 때, 메일 한 통이 왔다.

'이 시간에 웬 메일이?'

메일 제목을 확인한 나는 깜짝 놀라고 말았다. 제목에 이렇게 쓰여 있었기 때문이다. '당신은 혼자가 아닙니다. 외계 친구 이야기를 들어 주세요.'

뭐, 뭐지? 내가 혼자가 아니라고? 내가 혼자라고 느낀다는 건 어떻게 알았을까? 말리를 떠올리지 못한 건 미안하게 생각한다. 하지만 메일 제목이 내게 전하는 강렬한 메시지에 정신을 차릴 수 없었다. 나는 단번에 메일을 클릭했다.

# TRACK 4

당신은 혼자가 아닙니다. 외계 친구의 이야기를 들어 주세요.

안녕. 이름 모를 나의 친구야.

당신은 이 메일의 제목을 보고 당황했을 거란 걸 안다. 그러나 우리 만남은 필연적인 것이고, 우주적인 조화로 이루어진 딸기 시럽이다. 이 글을 읽고 내용 믿기 어렵다. 그러나 조금만 관심 갖고 이 이야기에 집중하낟면 나의 말을 이해할 것이다.

나는 뉴멕시코에 사는 제임스라고 한다. 너가 어디 살던지 이 메일을 본다면 행운이라고 말한다. 왜냐면 우리는 우리가 알지 못하던 미지의 세계를 너께 알려 주려 한다.

우주인을 믿는가? 여기 뉴멕시코의 로즈웰을 아는가? 오래전 이곳에서 외계인의 비행체가 나타났다. 그들은 로즈웰을 마음에 들어 했고 자주 왕래했다.

인간들과 교류하고 문화와 지식과 교양과 레서피?를 전달했다. 나역시 어린 시절부터 '알펜타포나리아'라는 외계인과 교류를 했다. 그로부터 많은 정보를 알아먹었다. 감사한다. 그들에게.

나는 내가 알펜타포나리?아의 감찰자 요르에게 얻은 정보를 이제 많은 사람들과 함께하려 한다. 이건 그 첫걸음이다. 오랜 시간 감추었던 그것이 문을 연다. 그럼으로 너는 행운아다. 시간 많지 않다. 너님도 알다시피 2022년 미국 정부와 항공 우주국은 외계인의 존재를 공식으로 인정했다. 세상에 놀라워라! 그리하여 나는 추적기 받고 있다. 외계인과 함께 나눈 무한한 정보가 나를 알고 있다. 네가 원한다면 나는 그 정보. 주식 정보, 비트 동전, 금광 정보, 온갖 돈을 벌 미래의 달콤 정보를 가지고 있다.

하지만 시간이 없다. 이 무한한 가치를 눈물에 담는다. 미 정부는 나를 제거하려 한다. 지금 문밖에 fbi 요원 멀더가 와 있다. 나의 선행을 사람들에 나눠 주에게 이 나라는 너무 탐욕스럽다. 그들은 통제한다. 많은 랍스타를. 그래서 너에게 내가 가지고 있는 다이아몬드 같은 정보를 넘기려 한다. 너는 그것을 받겠는가?

너는 모험을 할 사람인가? 아니면 방 안에서 팝콘을 끓일 사람인가? 눈앞에 닥친 기회를 잡고 싶다면 나에게 미화 5000$을 보내라. 이건 인생에 있어 아주 작은 기회비용이다. 비트 동전도 받을 수 있다. 다시 한 번 말한다. fbi가 내 집 앞을 에워싸고 있다. 정보를 넘길 시간이 없다. 별로다. 그럼 내 계좌 정보와 페이팔과 비트 동전을 받을 수 있는 주소를 보내겠다. 마지막으로 메일에 함께 된 파일을 깔자. 걱정 안 한다. 컴퓨터를 빠르게 하는 파일이다. 너의 컴퓨터에 우주의 기운 깃든다. 믹고 보자.

안다. 조금 먼 이야기지만 너는 내 진정성을 호소할 것이다. 그리고 너의 양심이 움직이면 나는 기쁘다. 기회를 놓치지 않길 바라면서. 우주인의 가호가 있기를.


뉴멕시코 로즈웰에서 우주 친구 제임스가.

# TRACK 5

"요, 왓썹 브로. 어메이징하구만. 스케일이 정말 큰 얘기네."

말리가 낄낄대며 말했다.

내가 받은 메일은 말리 같은 녀석이 보기에도 황당하기 짝이 없는 거짓말투성이였다. 사기를 치려면 정성이라도 보이던가. 대체 무슨 번역기를 돌린 건지 문법과 어투와 내용이 엉망진창이었다.

나 실망이다, 제임스에게.

"아, 나한테는 왜 그런 메일이 오지 않는 걸까? 나도 받고 싶네, 브로."

여전히 낄낄대며 말리가 말했다.

그러나 내가 봤을 때 녀석은 제임스가 보낸 메일을 고스란히 믿고 컴퓨터가 빨라진다는 파일을 깔고도 남는다. 그러면 말리 녀석의 컴퓨터가 뉴멕시코에 사는 제임스에게 온갖 개인 정보를 전송해 말리는 머리를 싸매며 난감해하다가 이제껏 모은 용돈을 제임스에게 송금할지도 모른다. 눈물범벅이 된 말리의 모습이 떠올랐다.

그나마 똑똑하고 이성적인 내가 그런 메일을 받아서 다행이다. 물론 나는 첨부 파일을 깔지도 않고 스팸 신고를 해 메일을 휴지통으로 직행시켰다. 감히 나를 어떻게 보고 이런 구닥다리 수작을 부린단 말인가. 킁, 어림도 없는 소리지.

우리는 또 편의점 앞 파라솔 아래에 앉아 있다. 변한 게 아무것도 없다. 우리에게 찾아온 줄 알았던 성장은 마치 한여름에 널어놓은 빨래처럼 바싹 말라 버렸다. 그저 하릴없이 파라솔 의자에 앉아 시간을 죽이고 있을 뿐이다. 햇살은 따가웠지만, 밤공기는 조금 선선해져서 이제 여름이 끝나 가는 게 느껴졌다. 뜨거웠던 여름이여, 안녕. 아차, 정신 차리자. 또 예전 기억이 새록새록 살아나려 한다. 그럴수록 우울해지기만 할 뿐이다.

말리는 학교를 벗어나면 꼭 교복을 벗고 가방에 든 사복으로 갈아입는다. 아디다스 마크가 부담스럽게 박힌 펑퍼짐한 바람막이에 통이 큰 청바지를 골반까지 내려 입고, 신발은 에어 조던을 신었다. 말리는 〈스파이더맨: 뉴 유니버스〉의 마일스가 신은 에어 조던과 똑같은 모델을 골랐다고 자랑했다. 세 켤레 사서 리셀할 거라고도.

"그거 되팔이 아니냐?"

내가 물었다.

"오, 브로. 말은 똑바로 해야지. 되팔이라니. 리셀러라고 한다고. 그리고 이건 정당한 노동의 대가일지 몰라. 유남생? 내가 시간을 들여 새벽에 클릭질을 했단 말이지. 나 잠 많은 거 브로도 알지? 다른 녀석들은 불법 프로그램을 깔고 자동 클릭질을 한다고. 그러면 사이트 자체가 마비되지. 왓 더! 난 그 정도로 악랄하지 않아. 그저, 이 동네에 사는 마일스의 팬이 이 신발을 좋아할 수도 있겠구나, 하지만 이 에어 조던은 너무 구하기 힘들고 수량 또한 한정적이니 내가 사서 그 친구에게 선물해야지. 아, 물론 새벽에 일어나 클릭질을 한 대가는 좀 받아야겠지. 그래야 이 에어 조던을 원하는 친구의 마음도 조금 이지피지할 테니까. 라잇?"

말리가 랩을 하듯 리듬을 타며 말했다. 녀석의 동그란 머리통이 위아래로 요동쳤다.

"그걸 우리는 되팔이라 부르기로 했지."

내가 단호하게 말했다.

"오케이, 오케이. 어찌 됐건."

말리가 대수롭지 않다는 듯 머리를 흔들었다.

나는 말리에게 아현 샘을 떠보기 위해 교무실을 찾아갔던 것도 이야기했다.

"그런데 뭘 시를 썼다는 거? 내가 브로를 오랫동안 봐 왔지만, 시를 쓴다는 건 어울리지 않는데?"

"나도 몰라. 그냥 생각나는 대로 적은 것뿐이야. 아현 샘은 시라고 생각했겠지만, 나에게는 경험에 바탕을 둔 한 편의 수필이었지."

내가 쓸쓸하게 말했다.

"그랬더니 결국 돌아온 것은 아무것도 없었다. 아니지, 브로가 젊은 여자 선생님에게 추근대는 변태 학생이 되었군?"

말리의 말을 인정해야 했다.

우리는 한동안 말없이 자리에 앉아 지나가는 사람들을 쳐다봤다. 모두 할 일이 있는 듯 분주했다. 통화를 하며 걷는 사람, 장바구니를 든 아줌마, 유모차를 끌고 가는 엄마, 교복을 입고 지나가는 청춘들. 왕가위 영화의 한 장면처럼 우리는 멈춰 있었고, 그들은 바삐 움직였다.

"동아리 준비는 잘돼 가고?"

말리가 침묵을 깨고 물었다.

"음, 처음에는 그냥 그랬는데 뭔가 느낌이 와. 네가 말한 것처럼 나도 이제 새로운 국면을 맞이할 때지. 언제까지 이렇게 과거에 묶여 살 수는 없잖아."

"댓츠 라잇! 광장에 우리 동상도 세워 주지 않는 판에 말해 뭐 해, 브로."

"동아리 이름은 '에트랑제'로 정했어."

내가 편의점 의자에 등을 쭈욱 기대며 여유롭게 말했다.

"똘레랑스?"

"아니, 에트랑제. 프랑스어로 별종이라는 단어야."

"왓 어 브릴리언트, 브로. 난 프랑스어는 바게트, 봉쥬르, 울랄라, 나마스테 정도만 아는데 그런 멋진 단어가 있었군. 별종이라. 진짜 우리한테 딱 어울리는 단어야."

말리는 바지 주머니에서 도끼빗을 꺼내더니 머리를 푹푹 찔러 볼륨을 넣었다.

"너라면 이해할 줄 알았어."

"그래서 언제 실행할 계획?"

나는 말리에게 나의 계획을 차근차근 설명해 줬다. 일단 학급 게시판과 복도에 모집 공고를 붙일 생각이다. 거기라면 모든 애들이 볼 수 있을 것이다. 특히 재능 있고 외모 출중한 여성 회원을 바라고 있다. 지금 집필하는 시나리오에 여성 연기자는 필수 불가결이다. 에트랑제는 다른 허접한 동아리와 다르다. 봉사 동아리, 음악 동아리, 독서 동아리, 요리 동아리 등등 다양한 동아리가 있지만, 그것들은 다 자소서에 쓸 건덕지를 만들기 위한 꼼수와 편법에 불과하다. 일단 동아리 개설을 위해 계획서를 작성해 제출하고 심사를 받은 다음 단편 영화를 제작하면 된다. 공고를 먼저 올리는 것은 그만큼 동아리 개설에 자신이 있기 때문이다.

이런 원대한 계획을 말리에게 알아듣기 쉽고 정확하며 알맞은 언어로 설명해 주었다. 그리고 어제 밤새 만든 동아리 공고문을 보여 주었다. 말리는 나의 명문을 보고 고개를 갸우뚱했다.

"왜? 이상해?"

내가 물었다.

"음, 메이비……. 좀 심심하지 않아? 이 글은 흠잡을 데 없지. 그런데 뭔가 특별함도 느껴지지 않는단 말이지? 유 노 아 민?"

말리는 파라솔 의자에 기대앉아 대기업 면접관처럼 거만하게 한쪽 턱을 쓸며 공고문을 내려다봤다.

"흠. 이건 너무 노말해. 똘레랑스라는 특별한 이름에 안 어울린단 말이지."

"에트랑제."

내가 정정해 주었다.

"왓 에버! 중요한 건, 이 글에 꿈과 모험이 부족하다는 거야. 브로, 생각해 보라고. 우리 고2가 척박한 현실을 탈출할 만한 환상적인 모험과 도전이 기다리고 있어야지. 그래야 시간을 쓰면서까지 동아리 활동을 한 보람을 느낄 수 있다고. 갓 잇? 그럼 내가 이 글을 조금 고쳐 봐도 될까?"

"아, 씨. 뭐라는 거. 한글도 늦게 뗀 놈이!"

나는 진심으로 발끈해서 소리쳤다. 그러나 말리는 눈을 지그시 감고 두 손가락을 까딱거리며 내 앞에 흔들어 보였다. 마치 성난 사자를 달래는 서커스 단장 같은 표정과 몸짓이었다. 그게 더 열받게 했다.

말리가 하도 우겨서 나는 녀석에게 맡겨 보기로 했다. 대수롭지 않은 글이 나올 확률이 높지만, 말리를 말릴 수 없었다. 공고문을 건네받은 말리는 싱글벙글 들떠 있었다.

"야, 왜 이렇게 쪼개? 로또라도 맞았어?"

말리의 이해할 수 없는 흥겨움에 내가 물었다.

"눈치 하나는 기가 막히군, 브로."

말리는 한쪽 다리를 꼬더니 나를 보고 연신 벙글댔다.

"뭔데? 뭐가 있구만."

"브로, 안 그래도 이야기할 참이었다고. 캄 다운. 오늘 나의 필이 아주 좋은 이유가 뭐냐? 브로의 절친인 내가 곧 슈퍼스타의 길에 들어설지도 모른다는 거. 유남생?"

"슈퍼스타?"

"댓츠 라잇!"

내가 재촉하자 말리는 거들먹거리다가 슬슬 이야기보따리를 풀었다.

"브로도 알다시피 내가 재능이 있잖아. 그걸 세상 사람들이 알아보는 건 시간문제지. 진흙 속에 진주가 있다면 사람들이 그냥 두겠어? 바로 이 몸이 〈전국노래자랑〉 예선을 통과했다, 짜잔."

녀석은 한 팔을 쭉 뻗고 다른 팔은 접어 고개를 파묻는 이상한 포즈를 취하면서 말했다.

"뭐? 그게 진짜야? 그럼 공중파에 나가는 거야?"

"워, 워, 이지. 당연한 거 아니야. 진작에 벌어졌어야 할 일이라고, 브로."

허, 세상에나. 내 주변에 그 어려운 예선을 뚫고 실시간인지 녹화인지 모르겠지만 전국에 송출되는 방송에 출연하는 끼쟁이가 있었다니. 그게 말리라는 사실이 놀라움을 더했다.

"와, 그럼 거기서 랩을 하는 거야? 네가 말한 스웩을 발산하면서?"

나는 살짝 부러움과 조바심을 느끼며 말리에게 물었다. 녀석이 나보다 한발 먼저 예술의 세계로 떠나 버린 듯한 상황에 묘한 질투심이 일었다. 세상에 못난 사람 줄서기 대회 같은 걸 하면 내 뒤에 항상 말리가 있을 것 같았는데……. 말리는 내 말에 겸연쩍은 듯 "뭐, 그렇지, 브로."라고 말하며 스웩을 과시했다.

부러움과 질투도 잠시, 나는 말리가 이루어 낸 놀라운 성과에 녀석을 진심으로 축하하기로 마음먹었다. 누가 됐든 먼저 예술계로 떠나 정상을 향해 가면 나중에 서로에게 도움이 되지 않을까? 성공한 말리가 스웩을 뽐내며 지폐로 담뱃불을 붙이려 할 때 옆에서 내가 잽싸게 라이터로 불을 붙여 준다. 물론 그 지폐는 내가 갖는다. 그래, 장하다, 말리. 우리 존재 파이팅이다.

"말리야, 다시 봤다. 너 진짜 랩 좀 하나 보구나. 그동안 알아보지 못해서 미안."

나는 존경을 살짝 담아 말했다.

"브로, 부끄럽게 왜 이래. 이 좋은 소식을 브로와 함께 나눌 수 있어 난 더없이 행복하다고. 유남생?"

우리 말리, 상양동이 낳은 자랑, 랩 천재, 아는 프랑스어는 똘레랑스밖에 없는 나의 친구. 말리와 나는 뜨거운 시선을 교환하고는 서로의 손을 맞잡았다.

"말리야. 최소 인기상은 확보하자."

"어브 코스, 브로."

갑자기 말리가 조금 멋있어 보였다. 코도 한 번 부러졌다 붙어서 그런지 오뚝한 게 잘생겨진 것 같았다. 그래, 응원하마. 나의 멋진 친구여.

말리의 낭보를 접한 뒤 학원 갈 시간이 다가와 자리를 정리하고 일어섰다. 비슷한 날의 연속이지만 그래도 작은 변화가 일어난다. 그래, 이렇게 조금씩 전진하면 된다. 나와 말리 모두다. 나는 영화를 만들고 말리는 음악을 만든다. 좋다, 청춘이여!

그때 나의 말을 부정하듯 어디선가 달음박질 소리가 들려왔다. 분명 전에도 이런 적이 있었던 것 같은데……. 기시감이 들었다. 말리와 내가 소리 나는 쪽으로 고개를 돌리니 어쩐 일인지 전에 본 여자애가 있었다. 우리 학교 교복 차림에 뿔테 안경을 쓰고 긴 머리를 질끈 동여맨 여자애는 오늘도 달리는 중이었다.

"음, 뭔가 전에도 이랬던 거 같은데?"

"얼른 달려, 베이비 걸! 화장실은 저쪽이야!"

말리가 껄껄대면서 소리쳤다.

"너 전에도 똑같은 소리 한 거 아냐?"

"설마 브로. 내가 교양 없이 그랬을 리가."

말리는 여전히 여자애가 화장실이 급하다고 생각하는 모양이었다. 조금 전까지만 해도 녀석이 멋있어 보였는데, 저런 추잡한 말을 하는 걸 보니 안심이 된다. 친구의 추잡함에서 마음의 안정을 찾다니……. 나름 의미 있군. 말리와 나는 헤어져 노래방과 학원으로 각자의 길을 떠났다.

# TRACK 6

기시감. 처음 겪는 일을 다시 한번 겪는 듯한 묘한 느낌. '리회'를 만난 건 이런 기시감 속에서였다.

우리 동네에는 작은 하천이 흐른다. 천변은 풀이 무성하게 자라 있고, 인도와 자전거 도로가 나란히 나 있다. 우리의 넘치는 세금으로 깔끔하게 정비해 놓은 길이라 산책하기 안성맞춤이다.

나는 가끔 천변을 걷곤 한다. 바람도 시원하고, 사시사철 변하는 자연 풍경을 즐길 수 있다. 길게 이어진 하천을 따라가다 보면 한강까지 이어진다는 전설 같은 이야기를 들은 적이 있다. 물론 걸어서 한강까지 갈 생각은 전혀 없다. 그저 복잡한 머리를 식히거나 영화적 구상을 위해 산책을 할 뿐이다. 많은 예술가들이 산책에서 영감을 얻는다는 건 익히 들어 알고 있다. 나 역시 집 나간 영감을 찾는 할멈처럼 나의 영감을 찾기 위해 산들바람을 맞으며 걸었다. 말리도 이따금 나와 같이 이 길을 걸을 때가 있다. 하지만 녀석의 목에 걸린 헤드폰에서 새어 나오는 음악을 듣다 보면 예술적 영감이 달아났다.

아현 샘은 이제 나를 완전히 경계하는 눈치다. 지난번 이후로 교무실에 몇 번 찾아갔지만, 아현 샘은 나를 보자마자 허겁지겁 서류를 챙겨 급한 회의가 있다거나, 집에 가스 불을 켜두고 왔다며 황급히 사라졌다. 그래, 차라리 잘된 일이다. 가질 수 없다면 부숴 버리겠……. 아니, 이건 아니지만 아현 샘을 볼 때마다 요동치는 복잡한 심경을 이렇게라도 떨쳐 버릴 수 있다면 다행이다.

난 영화 만들기에 집중할 생각이다. 감독, 감독이 되겠단 말이다. 감독은 아무나 할 수 있는 게 아니다. 하늘이 점지해 준 자만이 거친 영화판에서 찰거머리처럼 살아남아 감독의 자리까지 갈 수 있다. 물론 노력과 끈기와 근성이 필요하다. 더불어 운도. 나아가 조지 밀러나 쿠엔틴 타란티노, 봉준호 같은 위대한 감독이 되기 위해서는 영화에 대한 열정도 갖춰야 한다. 나는 그걸 갖추고 있는가?

아니, 그런 위대한 감독들에 비하면 한참 모자란다. 성적도 그럴 것이다. 그래서 천변을 걸으며 아카데미 시상식장에서

BTS 옆에 앉은 내 모습을 떠올릴 참이다. 이런 공상을 하다 만난 것이 리희였다.

바람을 느끼며 여유롭게 걷고 있는데, 어디선가 빠르게 달려오는 소리가 들려왔다. 그렇지. 천변이면 조깅을 하는 사람이 있을 수 있지. 곧 위아래로 나뉘는 갈림길이 나왔고, 나는 위쪽으로 향했다. 학원에 가야 하니까. 달음박질 소리도 점점 더 가까워졌다. 나는 고개를 돌려 아래쪽을 쳐다봤다. 한 여자애가 뛰고 있는 모습이 보였다. 강렬한 기시감이 들었다. 우리 학교 교복 차림에 뿔테 안경을 쓴 채 덜렁거리는 가방을 메고 달리는 여자애. 그렇다. 저 애가 뛰는 걸 전에도 본 적이 있다.

여자애는 마치 〈포레스트 검프〉에서 검프가 다리 보조 장치를 풀고 처음 달리는 장면처럼 냅다 뛰고 있었다. 나는 몇 번의 우연한 마주침으로 익숙해진 그 애가 달려오는 것을 바라봤다.

"어?"

그런데 여자애도 나를 알아본 눈치였다. 하긴, 나 같은 미남은 사람의 이목을 끈다. 웃긴 건 여자애가 내게 가까이 다가와 뛰는 것을 멈췄을 때였다. 그 애는 내게 손을 내밀었다.

"응?"

"나 좀 올려 줘."

짧고 강렬한 첫인사였다.

"뭐라고?"

"지금 급하니까 나 좀 잡아당겨 달라고."

내가 서 있는 곳은 야트막한 둔덕 위로, 여자애를 내려다보고 있는 형국이었다.

"내가 왜?"

내가 단답형으로 물었다.

"급하니까 빨리!"

여자애도 나처럼 용건만 전했다.

나야 젠틀한 사람이니까 일단 여자애의 말을 들어주기로 했다. 손을 뻗자 그 애는 내 손을 잡고 이름 모를 들꽃이 피어 있는 풀밭을 사정없이 밟고 올라왔다. 그러고는 잡은 손을 놓지 않고 나를 끌고 풀숲으로 향했다. 말리 말대로 화장실을 찾는 것일까? 그렇다면 나는 그런 일을 함께할 취향이 없다는 걸 말하고 싶었다. 그러나 나는 그 여자애가 시키는 대로 자세를 낮추고 풀숲에 몸을 숨겼다.

"넌 왜 맨날 뛰어다니냐? 저기 사거리 편의점 앞에서도 뛰어다닌 애, 너 맞지?"

이미 알고 있는 사실을 확인할 겸 물었지만 대답은 들을 수 없었다.

"난 리희야. 박리희."

묻지도 않았는데 자신을 리희라고 밝힌 여자애는 내게 눈길조차 주지 않은 채 숨을 헐떡이며 풀숲 너머를 살폈다.

우리 둘은 숨결이 느껴질 정도로 가까운 거리에서 몸을 맞대고 있었다. 영화에서 이런 상황은 로맨틱한 분위기로 연결되던데, 내겐 전혀 아니올시다였다. 리희라는 여자애는 그다지 내 타입이 아니었기 때문이다. 촌스러운 검은 뿔테나 질끈 묶은 머리 모양이 별로였다. 한여름에 밭에서 김매다 오기라도 한 건지 피부도 까무잡잡했다. 코는 오뚝하긴 했지만, 상당히 컸다. 뿔테 안경과 큰 코 때문에 코주부 안경을 쓴 것처럼 보이기도 했다.

"뭔데? 왜 이러고 있어야 하는데?"

리희와 나의 공통점이라고는 같은 학교 교복을 입고 있다는 것뿐이다. 이 자리에서 똥을 쌀 게 아니라면 내가 왜 숨어야 하는지 이유를 알아야 했다. 하지만 리희는 말없이 숨을 고르며 풀숲 너머를 주시하기만 했다.

그렇게 20초 정도 지나자 여럿의 발걸음 소리가 들려왔다. 씩씩거리면서 "이년 잡히기만 해 봐." "아주 지랄 같은 년이네." 등 욕설을 남발하는 무리가 우리를 지나쳐 갔다. 리희가 나를 이끌고 여기 수그려 앉은 이유를 알 것 같았다. 그러고 있기를 1분 정도 됐을까?

"누구야? 쟤들 때문에 여기 숨은 거 맞지?"

"응."

리희가 말했다.

역시 코가 크다. 남자였다면 괜찮을 수도 있겠다 싶다. 자고로 남자는 코가 크면 다른 것도 크니까. 마음, 마음 말이다.

"넌 이름이 뭐야? 나랑 같은 2학년이지?"

리희가 나를 보고 빙긋 웃으며 물었다. 목소리가 조금 허스키했다.

"나? 난 김준호라고 해. 4반이야."

내가 말하자 리희는 고개를 갸웃하며 말했다.

"너 공부 못하지?"

이게 대체 무슨 소린가? 초면에 다짜고짜 이런 무례를 저지르다니.

"아닌데."

"너 맨날 이상하게 생긴 애랑 편의점에서 노닥거리던데?"

"봤어?"

"어. 그 동그란 머리 한 애가 나보고 맨날 화장실은 저쪽이라고 소리쳤잖아. 그런 애랑 같이 있는 거 보면 공부할 타입은 아닌 거 같아서."

뭐야, 애는? 나는 순간 당황해서 얼굴이 빨개졌다. 근묵자흑. 말리 같은 녀석이랑 있으니까 이렇게 도매금으로 넘어가나 보다.

"사람을 어떻게 보고. 개는 좀 멍청하지만 나는 아니야. 그

리고 너, 도와줬더니 고작 한다는 소리가 공부 못하냐니. 실례
아니냐? 공부 못하게 생긴 건 너도 마찬가지인 거 같은데."

나는 리희에게 반격을 가했다.

"어, 맞아. 난 공부에 별 관심 없어. 운동했었거든."

리희는 별것 아니라는 듯 말했다.

역시 그랬군. 피부색을 보고 한여름에 운동장을 신나게 굴
렀을 거라 짐작했다. 그런데 '했었거든'이라고? 그럼 지금은
아니라는 건가? 뭐, 내가 상관할 일은 아니었다.

리희를 쫓던 녀석들이 다시 나타날 기미도 없는 것 같아 나
는 자리에서 일어났다.

"난 이제 가야겠다."

"어디 가?"

"학원에. 공부해야 하거든."

나는 '공부'라는 단어에 힘을 주며 말했다.

리희는 여전히 쪼그려 앉은 채로 나를 올려다봤다. 아무리
봐도 코주부 안경을 낀 것 같다. 나의 이성관에 어울리지 않는
여자애와 오래 있고 싶은 마음은 없다.

"그래, 그렇구나. 오늘 도와줘서 고마웠어."

이어 리희도 일어서며 말했다.

어느덧 해가 뉘엿뉘엿 지고 있었다. 하천 위로 붉은 노을이
번졌다. 일렁이는 물결이 반짝이고 바람에 꽃과 풀들이 흔들

렸다. 그리고 교복을 입은 남과 여. 어쩐지 〈스즈메의 문단속〉 같은 애니메이션의 한 장면처럼 느껴졌다. 하지만 코주부 안경을 보니 그런 생각이 줄행랑쳤다. 이 리희라는 여자애가 어떤 상황인지 모르겠지만 나는 이만 퇴장할 생각이다. 그 전에 한 가지 궁금증이 일었다.

"아까 그 애들은 누구고, 너를 왜 쫓는 거야?"

"궁금해?"

리희가 배시시 웃으며 물었다.

"별로."

"칫. 궁금해하면 알려 주려고 했는데."

나도 작은 키가 아닌데, 리희와 눈높이가 얼추 비슷했다. 한 가지 더 알아낸 사실은, 얘는 뭔가 사람 열받게 하는 말투를 가졌다는 거다. 궁금해 봤자지. 몇 번 스친 사이에 내가 더 신경 쓸 게 뭐 있겠나.

"뭔지 모르겠지만, 그럼 잘 도망 다녀."

나는 리희에게 인사하고 걸음을 옮기려 했다. 그때 등 뒤에서 믿기지 않는 말이 내 귀에 흘러 들어왔다. 그것은 5성급 호텔 뷔페에 나온 짜장라면 같은 말이었다.

"좋아해."

귀를 의심했다. 내가 제대로 들은 게 맞는지. 이게 뭔 자다가 봉창 두드리는 소리인지 모르겠다. 이것은 누가 봐도 고백

아닌가? 리희는 나를 오래 관찰했다고 말했다. 스치면서 본 나의 뛰어난 외모를 잊지 못한 것이다. 엄마, 저를 왜 이렇게 낳으셨나요! 리희는 하천 길을 따라 도망 다니다 꿈에 그리던 이상형인 나를 다시 만났고, 이 천재일우의 기회를 놓칠 수 없었던 가녀리고 까무잡잡한 여고생은 자신의 코주부 안경을 고쳐 쓰고 용기를 내 고백한 것이다. 너무나 급작스러운 전개였지만 잘생긴 남고생이 감당해야 할 몫이었다.

하지만 아까도 말했듯이 리희는 분명 내 타입이 아니었다. 그런데도 주책맞은 심장이 두근거리기 시작했다. 종합 검진을 받아 봐야겠다.

'나대지 마, 이 자식아.'

애써 두근거림을 억누르며 고개를 천천히 돌렸다. 최대한 알아듣게 말해서 저 코주부에게 상처 주는 일은 없어야겠지. 난 연애보다 일이 더 중요한 남자니까. 리희가 해 질 녘 노을을 등지고 선 채 눈망울을 반짝이고 있었다.

"뭐라고?"

"좋아하냐고."

이건 또 무슨 소리인가? 나보고 자기를 좋아하냐고 묻는 것인가?

"고양이 좋아하냐고."

아니, 국어 시간에 잠만 잤나. 주어도 없이 질문을 저따위로

하다니. 의문문은 끝을 올려 발음해야지! 오, 나 국어 과외 한 보람 있는 듯. 아니지, 이런 생각할 때가 아니다. 내심 설레던 기분은 싹 가라앉고 그 자리에 민망함이 찾아왔다. 그리하여 난 바보 같은 대답을 해 버렸다.

"아니, 난 소 좋아해."

# TRACK 7

이야기는 퍼즐과 같다. 가까이서 보면 이가 빠진 것처럼 느껴지지만 한 발 뒤로 물러서면 그제야 수수께끼 같던 전체의 상이 보인다.

좋은 영화, 훌륭한 문학 작품, 멋진 음악, 그리고 천변을 뛰어다니는 여고생의 이야기도 마찬가지다.

리희는 운동부 출신이다. 그래서 같은 학교에 다니지만 얼굴 마주칠 일이 거의 없었다. 리희는 작년에 운동을 그만두었다고 한다. 그 말을 할 때 리희의 얼굴은 기운이 없어 보였다.

나는 리희가 이 동네를 포레스트 검프처럼 뛰어다녀야만 했던 사연을 듣게 됐다. 굳이 듣고 싶진 않았지만 리희가 자신의 이야기를 들려주었다. 적어도 화장실 문제는 아니었다.

이야기는 고양이로부터 시작된다. 리희는 운동부를 그만둔 뒤 시간이 많이 남았다고 했다. 자신이 이제껏 걸어온 길이 하루아침에 없어진 기분을 아느냐고 물었고, 나는 그 비슷한 감정을 느낀 적은 있다고 대답했다. 어쨌든 리희는 운동을 그만두고 학업에 매진했다. 그러다 지겨울 때면 이 천변을 자주 산책했는데, 하루는 구름다리 아래에서 고양이 한 마리를 발견했다. 온몸이 검은 길고양이를 보고 리희는 다가가 말을 걸었다.

"어이구, 어쩌다가 여기 혼자 있는 거야?"

고양이는 리희에게 다가와 발치에 머리를 비비며 배를 까고 누웠다. 이런 고양이는 필시 사람 손을 탄 놈이고, 누군가 키우다 버리거나 정기적으로 밥을 주는 사람이 있는 거라고 했다. 리희는 편의점에 가서 고양이용 간식을 사 녀석에게 먹였다. 이름도 붙여 줬다. '콩이'라는 센스 없는 이름이었다. 나라면 '슈뢰딩거'라고 지었을 텐데.

"버려지는 건 슬픈 일이야. 혼자라는 것도. 그런 건 겪지 않는 게 좋지."

그렇게 리희는 콩이를 만났다. 집에 데려가 키우려고 했는데 알레르기가 심한 동생 때문에 하루 만에 쫓겨나고 말았다. 어쩔 수 없이 리희는 콩이를 천변에 풀어 놓고 자주 들여다봤다.

문제는 그 장소, 하천을 가로지르는 구름다리 밑에서 불량

청소년들이 자주 모인다는 것이었다(이제부터 양아치라고 부르겠다). 머리를 노랗고 빨갛게 물들인 양아치들이 구름다리 아래에서 놀고 있었다. 뭘 하고 노는지 모르겠지만 사람들 눈에 덜 띄는 장소를 택한 것으로 보아 그리 건전하지는 않을 것이다. 담배를 피우거나, 술을 마시거나, 뽀뽀하거나. 뭐가 됐든 기성세대가 정해 놓은 사회 규범에 어긋나는 행동일 것이다.

어느 날, 리희가 콩이를 보러 그곳에 갔을 때, 양아치들이 검은 고양이 콩이를 괴롭히고 있었다.

"그렇지만 콩이도 당하고 있지만은 않았어. 털을 바짝 세우고는 다가오는 양아치 놈들에게 하악질을 하고 있었거든. 용감한 아이야."

리희가 대견하다는 듯 말했다.

그 모습을 본 리희는 재빨리 달려가 콩이를 집어 들고 자신의 가방에 넣었다고 한다. 당연히 양아치들과 말다툼이 벌어졌고, 소유권 분쟁에 들어갔을 것이다. 하지만 이 경우에는 법원의 판결을 기다리기보다 좀 더 빠른 해결책으로 주먹을 쓰기로 결정한 모양이었다. 1 대 다수의 싸움은 존 윅이 아닌 이상에야 이길 수 없다. 리희도 머리가 나빠 보이지만 그 정도는 알고 있었다. 그리하여 콩이를 데리고 도망쳤다. 그 뒤부터 양아치들이 리희를 죽자 사자 쫓아다니고 있다는 얘기였다.

리희가 한 가지 간과한 것은 자기가 교복을 입고 있었다는 사실이다. 그러면 정체가 탄로 나기 쉽다. 양아치들은 지역 네트워크에 기반해 선후배 관계로 엮여 있다. 같은 학교가 아니어도 SNS 같은 데서 서로서로 알고 지내는 것이다. 당연히 우리 학교 양아치들에게 수소문했을 것이고, 곧 리희를 찾아냈을 것이다.

리희와 양아치들 사이에 어떤 디테일한 사건이 있는지 몰라도, 뜀박질하는 리희를 몇 번이나 마주친 걸 보면 그놈들이 쉽게 포기할 것 같지는 않았다. 리희가 그 녀석들 손에 잡히는 날이 곧 올 것 같았다.

"왜 그랬냐?"

내가 물었다.

"그놈들한테 뭐 하러 시비를 걸었어? 이렇게 될 줄 몰랐어?"

나는 리희에게 그게 바보 같은 짓이었음을 지적했다. 약간의 비난을 담은 지적이었다. 내 말에 리희는 잠시 생각에 잠겼다.

"그럼 너라면 어떻게 했을 것 같아?"

리희가 물었다.

나? 나라면…… 어떡했을까?

# TRACK 8

점심시간. 노란색 종이 한 뭉치를 들고 자리에서 일어섰다. 나는 내가 지금 할 일을 정확히 알고 있다. 품 안에 든 노란 종이는 내 마음처럼 희망으로 반짝였다. 이건 지루한 인생의 수렁에서 나를 구해 줄 영화 동아리 전단지였다. 벌이 꿀을 찾듯 이제 영화에 영혼을 불태울 청춘을 불러 모아야 했다.

말리는 지난밤 자신이 고친 모집 공고를 메일로 보내왔다. 그걸 본 나는 기겁해서 절대 사용하지 않을 생각이다. 아니, 못한다. 나의 명문을 수정해 말리가 보내온 모집 공고문은 다음과 같다.

왓썹, 브로!

요, 브라더! 영화 좋아해? 그렇다면 컴온 요! 스웩 넘치는 영화! 앞으로 충무로에서 칠링하고 싶은 브로들을 기다리고 있어.

영화 특공대 '똘레랑스'에서 재능 넘치는 브로를 필요로 해, 유남생? 적당한 감독과 뛰어난 사운드 엔지니어, 헐리웃에서 사용하는 최신 장비가 준비되어 있지.

우리 크루가 될 브로들은 아래 메일로 연락 바람. 피스!


사운드 엔지니어? 놀고 있네. 말리는 붐 마이크! 붐 마이크다. 사운드는 인터넷에서 무료 음원을 찾아 넣을 생각이다. 제임스가 쓴 공고문인 줄 알았네. 하여간 저 폐급 공고문을 인쇄할 생각은 없다. 종이는 아마존의 나무를 희생해 만든 소중한 물건인데 허투루 낭비할 수 없는 일이다.

"브로, 어때? 끝내주지?"

전화기 너머에서 말리가 물었을 때 나는 그렇다고 대답해 놓곤 내가 쓴 원래 공고문을 인쇄해서 가져왔다. 일단 우리 반학급 게시판에 한 장 붙였다. 아이들이 궁금해하며 다가와 공고문을 봤다.

"이게 뭐야?"

민서가 물었다.

"어머, 영화 동아리? 진짜?"

민서 짝꿍인 혜진이도 무슨 재밌는 이야깃거리가 있냐는 듯 물었다.

"동아리 공고문이네. 그런데 이런 거 할 시간이 있는 애가 있을까?"

현수가 머리를 들이밀고 말했다.

이런 거라니! 현수는 미스터리 심령 동호회라면 좋았을 텐데, 라며 아쉬운 소리를 했다. 뭐, 어차피 에트랑제는 소수 정예로 갈 생각이다. 우리 반에는 없어도 이 학교를 통틀어 영화를 사랑하고 잘생긴 감독을 믿고 따라올 사람이 한두 명쯤은 있을 것이다.

모여든 아이들은 게시판에 붙은 공고문을 읽더니 이내 관심을 거두고 제자리로 돌아가 버렸다. 나는 실망하지 않고 복도로 나갔다.

1층, 2층, 3층을 돌며 게시판마다 공고문을 붙였다. 그리고 별관으로 건너가 출입구 옆의 널따란 게시판에도 공고문을 붙이고 있을 때, 그 애가 나타났다.

"에트랑제?"

익숙한 목소리에 나는 고개를 돌렸다. 코주부 안경이었다.

"너구나."

내가 말했다.

내 뒤에는 리희가 서 있었다. 다시 봐도 정말 코가 크다. 게 다가 점심시간인데도 가방을 메고 있다. 컨셉인가?

"영화 동아리? 재밌겠다. 나도 들어가도 돼?"

"아니, 방금 마감됐는데."

내가 말했다.

"무슨 소리야? 방금 붙였으면서."

'제길, 눈치가 보통이 아닌데.'

"아, 미안한데 우린 프로를 지향하고 있거든. 재미 삼아 하는 게 아니야. 너는 바쁜 애니까 이런 일보다는……."

이런 일보다는 양아치들과 달리기 시합이라도 하는 건 어떠니? 라고 말하려다 말았다.

"나도 영화 좋아해."

리희가 말했다.

그렇겠지. 대부분의 사람들은 영화를 좋아하지. 누워서 팝콘이나 씹으며 새벽까지 넷플릭스를 볼 테니까. 이런, 이건 꼭 내 얘기 같잖아!

"음, 그래, 리희야. 네 관심은 고마워. 그런데 지원자가 너무 많아서……."

"네가 뽑는 거야?"

리희의 말에 나는 힘주어 고개를 끄덕였다.

"그럼 됐네. 친구 좋다는 게 뭐야. 네가 날 뽑아 주면 되겠네. 난 배우 할게. 배우 시켜 주라."

리희가 웃으며 말했다.

배우라고! 웃기는 소리. 너는 전혀 내 타입, 아니, 그러니까 이성적으로 말고 실무적으로 내 타입이 아니라고. 언감생심 어디 배우 자리를 넘봐! 게다가 친구라니. 우린 겨우 몇 번 스친 사이라고.

"아, 리희야. 나도 그러고 싶은데, 배우라는 건 아무나 할 수 있는 게 아니야. 연기력은 물론, 카메라와 수많은 사람들 앞에서 쫄지 않고 자신의 끼를 펼쳐야 하는 사람이야. 아쉽게도 그런 사람은 많지 않더라고."

"그럼 난 안 돼?"

이런, 말로 해서는 알아먹는 타입이 아니군. 리희와 나는 대치 중인 총잡이들처럼 별관 입구에 서서 쏟아지는 햇살을 맞고 있었다. 바닥에서 반사된 빛이 천장에 너울처럼 일렁였다. 둥둥 떠다니는 먼지 사이로 우리는 미동도 없이 서로를 바라봤다.

"미안하게 됐어. 하지만 생각은 해 볼게."

내가 최대한 호의적으로 말했다.

"그게 안 된다는 말이잖아?"

"아니, 내가 언제 그렇게 말했어. 안 된다는 게 아니라 생각해 본다고."

그러나 리희는 햇살 속에서 어울리지 않게 촉촉한 눈으로 나를 바라봤다.

"그래. 어쩌면 나는 네가 말한 그런 사람이 아닐 거야. 나는 재주도 없고, 끼도 없지. 더군다나 공부도 못해. 운동부에서 잘리고 이제 내가 할 줄 아는 건 아무것도 없어."

리희는 착 가라앉은 목소리로 중얼거렸다.

"아, 아니. 내가 생각해 본다니까."

"아니야. 난 안 될 거야. 항상 그랬으니까. 난 그런 애야. 어릴 때부터 부모님에게 너는 아무것도 못 하는 애라는 말만 들었어. 이런 이야기를 좋아할 사람은 없잖아. 그래서 죽도록 달렸어. 누군가가 나를 인정해 주고 알아봐 줄 때까지. 달리면 사람들이 나를 쳐다봐 줬거든. 아무 능력도, 외모도, 매력도 없는 내가 주인공으로 빛날 수 있는 순간이었어.

그런데 이제는 부모님의 그런 말조차 너무 그리워. 왜냐면 아빠가 2년 전 대장암으로 돌아가셨거든. 난 그때에야 알았지. 아빠의 빈자리를. 아빠의 잔소리와 질책은 모두 나를 위한 말이었다는 걸. 그 후로도 나는 세상에 거부당하며 살아왔어. 아무도 내 친구가 되어 주지 않았지. 사람들은 다 자기 인생으로 바쁘고 정신없잖아. 내게 조금의 곁도 내주지 않았어. 하지만 널 본 후로 이런 내 생각을 고쳐먹으려 했어. 넌 다른 사람들과 다를 거라 생각했는데……. 미안해, 이런 얘기…… 좀 주책맞지."

리희는 코주부 안경 너머로 눈물을 글썽였다. 이내 반짝이는 눈물이 볼을 타고 주르륵 흘러내렸다.

"어? 어?"

나는 이 돌발 사태에 당황해서 어버버했고, 누군가 이 현장을 목격하면 어쩌나 하는 생각에 불안했다. 리희가 이렇게 힘든 시기를 보낸 줄도 모르고 매몰차게 거절한 나를 반성했다. 그런데 '넌 다른 사람과 다를 거라'는 문장에 의문을 떠올렸다. 왜 나를 다른 사람들과 다르다고 느꼈을까? 서, 설마?

"아, 미안해. 리희야, 내가 말실수한 거 같아. 그러니까 울지마. 내가 제작자랑 상의해서 힘써 볼게."

나는 9회 말 투 아웃에 등장한 구원 투수처럼 리희를 달랬다. 그러자 리희는 손가락 사이로 눈알을 굴리더니 이내 까꿍하듯 두 손을 펼치며 말했다.

"하하하, 속았지. 다 거짓말이지롱. 어때? 이래도 내가 연기자로서 자질이 없니?"

조금 전까지 죽상이던 얼굴이 헤헤 호호 변해 있었다.

이게 지금 장난하나. 어제부터 느낀 거지만 정말 제멋대로인 애다. 왜 내 주변에는 이런 놈들만 꼬인단 말인가. 말리 하나로도 나는 매우 벅차다. 그러나 솔직히 말해서 리희의 연기에 넘어갔다는 점은 인정해야 했다. 어찌 됐든 한번 뱉은 말이니 생각은 해 봐야겠다. 리희는 제작자를 만나게 해 달라고 계속 졸랐다. 그때 나를 살려 준 건 수업 시작을 알리는 종소리였다. 리희는 도망치듯 떠나는 나를 보며 뭐라고 떠들었지만,

달팽이관을 막아 소리를 차단했다.

하교 후에 버스에 몸을 싣고 순회공연을 하는 록 밴드처럼 학원을 한 바퀴 돌았다. 오늘은 말리와 놀지 않고 영어 학원과 수학 학원에 착실히 출석하고 귀가했다. 시각은 밤 열 시. 문을 열고 집으로 들어가니 엄마가 거실에 앉아 있었다.

"다녀왔습니다. 어휴, 공부하기가 여간 힘든 게 아니네."

나는 너스레를 떨며 어깨를 휘휘 돌렸다. 그러나 엄마는 왠지 떨떠름한 표정으로 나를 보고 있었다.

"왜 또 그러시나요, 어머님?"

예리한 촉으로 집 안 공기가 달라졌음을 감지한 나는 생존 전략을 펼치기로 했다.

"너 그거 아직도 포기 못 했냐?"

"그것이라 하면 무엇을 말씀하시는 것입니까?"

나는 양반집 종놈처럼 최대한 공손하게 물었다.

"영화 말이야, 이놈아. 그리고 너 그제 학원 또 빼먹었지? 학원에서 연락 왔어. 너 영환지 뭔지 다시 한다고 머리에 헛바람 들어서 학원 빼먹고 그러는 거냐?"

엄마는 가방도 벗지 못한 나에게 소리쳤다. 나는 미국에 숨어든 멕시코 밀입국자처럼 그 자리에서 움츠러들었다.

"아니, 엄마도 알잖아요. 내가 영화를 얼마나 사랑하는지. 그럼 그렇게 기를 죽이기보다 사랑과 응원을……."

"하이고, 뚫린 입이라고 이놈 말하는 거 봐. 너 지금 집 안 꼴을 봐. 뭐 느끼는 거 없어?"

엄마의 말에 나는 현관에 서서 집 안을 살펴봤다. 느끼는 것 이라……. 매일 보던 것과 똑같았다. 식탁도 잘 있고, TV도 부서지지 않았으며, 책장에 책도 가지런히 꽂혀 있다.

"음, 엄마의 미모가 더 환하게 변했다는 거?"

"니 아빠가 없잖아!"

아, 그러고 보니 아빠가 없군. 하지만 아빠가 있어도 이상할 것 같은데……. 아빠는 잦은 야근과 회식으로 늦게 들어올 때가 더 많았다.

"그렇네. 아빠가 없었네. 아하하하."

"넌 뭐 느끼는 것도 없냐고? 아빠가 왜 지금 이 시간에 집에 없겠냐?"

엄마가 팔짱을 끼고 있다. 하아, 저러면 이야기가 심각해지는데. 없던 내 죄도 엄마가 팔짱을 끼는 순간 생겨난다.

"돈 버느라?"

"그렇지! 아빠가 이 시간까지 가족을 먹여 살리느라 열심히 일하니까 없는 거야."

"혹시 아빠가 일을 좋아해서 그런 거 아닐까요?"

"에라이, 이놈이. 너 학원비가 하루에 얼만지 알아? 수업 한 번에 5만 원이 넘어. 그런데 그걸 그냥 니 맘대로 빠져? 아빠

낚시 좋아하는 거 알지? 전에 아빠가 뭐라고 했어? 오징어 낚싯대가 5만 원이란다. 아빠는 돈이 아까워서 알리에서 싸구려 낚싯대 사다 쓰는데 아들놈은 땡땡이치느라 그 돈을 길바닥에 뿌려? 그러고도 니가 무사하길 바랐냐?"

흠, 맞는 말이다. 아빠는 조용한 사람이지만 낚시에 관해서는 뜨거운 열정을 간직하고 있다. 할아버지도 그게 미스터리라고 했다. 아들의 방황은 갑오징어 낚싯대보다 하찮은 것이다. 고로 우리 집에서 나는 오징어 밑이다.

"아니, 그래서 오늘은 열심히 공부했어요. 저도 학습 능력이 있는데 자꾸 뭐라고 하시면 제가 괴롭지요."

나는 고개를 내리깔고 반성하는 모양새로 말했다.

"너 아직도 승철이랑 노니?"

엄마의 말에 고개를 끄덕이다 아차, 싶어서 옆으로 저었다.

"논다는 거야? 안 논다는 거야?"

"가끔 만나요."

"걔 대학 안 간대지? 자꾸 승철이랑 어울리지 마. 제일 친한 친구인 건 알겠는데 지금은 좀 멀리하고 대학 간 다음에 다시 어울려. 알겠니?"

엄마 말대로 말리는 대학에 관심이 없다. 녀석은 힙합 뮤지션이 되고 싶어 하니까. 요즘은 뮤지션도 학벌 좋고 똑똑한 사람이 많아 나도 말리의 좁은 영어 어휘력이 걱정되긴 했다. 그러나 친구가 멍청하다고 가려 만나는 건 좀 아니지 않나 싶다.

"엄마, 나도 걔 머리 나쁜 건 아는데 그게 전염되진 않으니까 너무 걱정 마세요. 말리 좋은 녀석이에요. 이번에 〈전국노래자랑〉에도 나간대요. 그리고 나도 내 앞날은 정할 수 있다고요."

내가 구시렁거리듯 말했다.

"아는 놈이 그래? 공부도 안 하고, 성적도 안 오르고, 학원은 빼먹고. 도대체 뭐가 문제니? 그놈의 되도 않는 영화 타령은 그만하고 제대로 하란 말이야. 엄마가 말했잖아, 대학부터 간 다음에 하라고. 대학 가면 네가 깨벗고 종로 거리를 뛰어다녀도 안 말릴 테니까 지금은 공부를 좀 해."

아, 또 엄마의 방언이 터지고 있다. 가출 사건 이후로 달라진 줄 알았는데, 엄마도 나와 마찬가지로 제자리로 돌아왔다. 인생의 의미를 신도림역에서 두 발이 둥둥 뜬 채 출퇴근하는 것으로 채울 수는 없다는 걸 엄마는 모른다. 동아리 활동 목적으로 용돈을 올려 달라고 할 생각이었는데, 말했다가는 목숨이 위험해질 것 같았다.

"해도 잘 안되는 걸 어떡해. 나는 꿈이 있다고요. 아들이 그렇게 좋아한다는데 그걸 좀 응원해 주면 안 돼요? 엄마는 내가 양복 입고 넥타이 매고 윗사람들 비위나 맞추며 회사 다니다가 마흔다섯에 정리 해고당하면 좋겠어요?"

여기저기서 주워들은 걸 짜깁기한 이야기였고, 내가 꿈꾸는

삶과 극명하게 다른 삶이었다. 나는 이 암울하기 짝이 없는 이 야기에 엄마의 마음이 바뀌기를 기대했다.

"나 호강하자고 너 공부하라고 해? 다 너 잘되라고 그러는 거지. 세상이 만만해 보여? 그런 삶이 우스워? 그렇게 열심히 살아가는 사람들이 얼마나 대단한데."

하지만 엄마는 물러서지 않고 내 말을 반박했다. 물론 그런 삶이 나쁘다는 건 아니다. 내 꿈과 다르다는 게 문제다. 난 행복하고 싶고, 엄마도 날 행복하게 만들고 싶어 한다. 그런데도 우리의 행복은 점점 멀어져 결코 만날 수 없는 평행 우주를 떠다니고 있다.

표면상 난 후퇴했고, 엄마와 냉전 상태에 들어갔다. 나는 내 꿈을 인정받고 싶었다. 이번에는 영화 동아리를 만들 정도로 진심이었다. 엄마에게 단편 영화를 만들면 대학 가는 데 가산점을 받을 수 있다고 말하려다 관뒀다.

내 방으로 들어온 나는 우울한 기분을 떨치기 위해 밀린 숙제를 꺼내서 답안지의 답을 베껴 적었다. 이것이 엄마에 대한 작은 복수라면 복수였다.

그렇게 숙제를 대충 마치고 컴퓨터를 켜 제임스가 또 메일을 보냈나 확인한 다음, 시나리오 점검에 들어갔다. 앞으로 만들 단편의 초안을 잡아야 했다. 머릿속에 엄마의 잔소리가 여전히 떠다녀서 진정이 안 됐지만, 단전에 힘을 주고 평정을 되찾았다.

이야기는 짧고 단순해야 했다. 예산과 규모 면에서 처음부터 〈매드맥스〉를 만들 수는 없으니까.

나는 여자 주인공 한 명만 등장하는 1인극을 떠올렸다. 물론 주인공은 도메인 우주 연합에서 지구로 파견 나온 외계인이다. 그녀는 홀로 지구에 와서 이런저런 조사를 하다가 악당들로부터 자신을 구해 준 어떤 고교생과 사랑에 빠진다. 임무냐, 사랑이냐. 그것이 문제로다. 결국, 아름다운 외계인은 사랑을 위해 모든 걸 포기하고 지구인의 삶을 택한다는 짧은 이야기다.

여배우가 필요했다. 아름답고 청량하고 늘씬하며 코가 작은 여배우가. 오늘 붙인 공고문을 보고 지원자가 많았으면 하는 바람이 있다. 그런 바람을 안고 졸라맨 스타일로 스토리보드를 그리고 있을 때였다. 엄마가 내 방문을 두드렸다. 내가 대답이 없자 엄마는 과일 깎아 놨으니 먹으라고 방문 너머에서 말했다. 엄마와 다툼을 벌이고 나니 문득 내가 현실 한복판에 있다는 느낌이 들었다. 외계인을 만나서 하늘을 날고, 자동차를 기둥에 처박았던 일은 일어난 적도 없는 것 같았다. 평범하고 공부 못하는 고등학생의 삶. 어찌 보면 모든 게 원래대로 돌아오는 중일지도 모른다. 그리하여 내 상실감도 이렇게 메꿔질지도…….

이런 생각을 하고 있을 때, 문자가 도착했다.

'내일 오전 10시, 하천으로.'

모르는 번호였다.

'누구?'

'여배우.'

위험한 문자다.

'코주부?'

나는 어떤 강렬한 예감에 사로잡혀 답문을 보냈다.

'뭐라고? 나 리희야. 공고문에서 네 번호 보고 저장했어. 내일 주말이니까 하천에서 봐. 음료수 사 줄게.'

코주부 맞네.

# TRACK 9

"브로, 대체 무슨 일로 여기까지 온 거야? 여긴 스웩이 넘치
지 않는데."

말리가 투덜거리며 말했다.

"말리야. 너 나 믿지?"

"뎀, 브로. 그걸 말이라고 해. 우린 목숨을 걸고 모험한 사이
야. 유남생?"

"그래, 그거면 됐다."

"브로, 이따가 〈전국노래자랑〉 본선 녹화 있는 거 알지? 나
빨리 돌아가야 대."

말리와 나는 기다랗게 뻗은 천변 산책로를 걷고 있었다. 오

전이지만 사람들은 많지 않았다. 주말이라 다들 나들이라도 갔나 보다. 나는 어제 리희에게 문자를 받고 급히 말리를 이곳으로 불러냈다. 별종은 별종으로 맞받아친다는 게 내 계획이었다.

"잘 들어 봐. 지금 어떤 여자애를 만날 건데, 걔가 우리 영화에 출연시켜 달라고 조르고 있어. 그런데 너도 알잖아. 힙합, 록, 재즈, 블루스 등 음악에는 다양한 장르가 있고, 영화도 마찬가지야. 얘는 우리와 어울리지 않는 부류야. 그런데도 나한테 계속 떼를 쓰고 있어. 그래서 네가 이 여자애를 좀 떼어 놔야겠어."

말리가 동그란 머리통을 흔들며 "유남생, 왓 더!" 같은 소리를 해 대면 어떤 여자애도 버티지 못하고 도망칠 것이다.

"브로, 그럼 내가 점잖게 말해?"

"아니, 원래 하던 대로 스웩 넘치게 그 여자애를 설득해. 그럼 돼. 유남생?"

말리는 알겠다는 듯 고개를 끄덕이곤 도끼빗을 꺼내 머리에 볼륨을 한껏 넣었다. 좋다. 충분히 괴상하고 못생겼다. 저번에 리희를 마주쳤던 장소에 도착하자 그 애가 기다리고 있었다.

"안녕. 근데 넌 누구? 아, 준호 친구!"

리희가 다가와 말했다.

"댓츠 라잇! 난 준호 친구 MC 말리라고 해."

"얘가 영화 제작자거든. 너랑 한번 이야기해 보면 좋을 거 같아서 함께 왔어."

내가 말했다.

"얘가 영화 제작자라고?"

리희는 못 믿겠다는 얼굴로 말했다.

"예아! 그렇지. 준호 너는 저기 가 있어 봐. 내가 베이비 걸을 잘 설득해 볼 테니까."

잘한다. 말리야, 너라면 리희가 오만 정떨어지게 만들 수 있을 거다. 화이팅, 우리 존재.

나는 말리의 말에 고분고분 따라 옆으로 비켜섰다. 말리는 리희를 데리고 벤치에 가 앉아 이야기를 나누었다. 이제 몇 분 안에 리희의 표정은 실망과 공포, 절망으로 뒤덮일 테고, 곧 울면서 자리를 박차고 떠날 것이다. 말리는 그럴 능력이 충분하니까.

그런데 이상한 일이 생겼다. 말리와 리희는 이야기를 계속 주고받았다. 나는 그 모습을 초조하게 지켜보며 내 계획이 틀어지고 있음을 직감했다. 리희의 말을 듣는 말리의 얼굴에 놀라움, 당황, 안타까움 등의 표정이 떠올랐다. 심지어 리희의 등을 토닥이기까지 했다. 잠시 후, 말리가 묘한 표정으로 내 쪽을 향해 걸어왔다.

"브로, 쟤 엄청 불쌍하잖아. 아니, 브로 어떻게 그렇게 냉정할 수가 있어?"

"뭔 소리야?"

"세상이 저 베이비 걸을 외면해도 우리는 그러면 안 되지.

아버지도 2년 전에 대장암으로 돌아가셨다고. 유남생?"

이런 멍청한 놈. 그걸 또 믿고 자빠졌네. 내가 버럭 화를 내자 벤치에 앉아 있던 리희가 내게 메롱, 하며 혓바닥을 내밀었다. 말리에게 그건 다 거짓말이고 나도 어제 속았다고 하자 녀석은 짐짓 당황한 표정을 지었다.

"와우, 왓 어 브릴리언트! 놀라운 연기력, 브로."

말리는 이런 한심한 소리나 해 댔다. 그러면서 배우로 써도 될 만큼 괜찮은 연기라고 했다. 나는 피부가 뽀얗고 코가 작은 배우를 원한다고 하자 말리는 베이비 파우더를 많이 바르면 되지 않겠느냐고 말했다. 리희가 맘에 든 모양이었다.

"배우가 연기만 잘하면 되는 거 아니야? 게다가 나보고 사무엘 잭슨 닮았다고 했어. 유남생?"

아, 어쩌다가 이런 멍충이를 친구라고 데리고 있는 걸까. 이런 내 속도 모르고 리희가 가방을 끌어안은 채 우리 쪽으로 걸어왔다. 코밖에 안 보이네.

"준호야, 네 친구 생각보다 괜찮은 애네."

그러면서 품 안의 가방에서 음료수를 꺼내 우리에게 건넸다. 그런데 가방 안에서 뭔가 꿈틀거리는 걸 본 거 같은데…….

내 표정이 썩어 들어 가는 걸 보더니 리희가 씩 웃었다.

"고양이 좋아해?"

"그건 또 왜. 전에도 말했지만 난 별로야."

리희가 가방 지퍼를 활짝 열었다. 가방 안에는 검은 고양이 한 마리가 들어 있었다.

"콩이야."

"뭐? 왜 가방에 고양이를 가지고 다니는 거야?"

내가 말했다.

"와우, 유니크 그 자체."

말리가 고양이를 보고 말했다.

리희는 콩이를 키우고 싶지만 동생의 알레르기 때문에 집에 데려갈 수 없으니 이렇게 가방에 넣어 다닌다고 했다. 미래의 캣 맘 후보생이군.

"귀엽지? 너 키울래?"

"내가 왜 키워. 고양이 그냥 있던 데 놔줘. 걔도 자유 의지가 있다고."

그렇다. 모든 생명체에게는 자유 의지가 있다. 내게도 내 배우를 고를 자유 의지가 있다. 그렇지만 씨알도 안 먹히는 듯했다. 말리도 도움이 안 됐다.

"야, 얘가 어떤 일을 겪었는지도 모르면서 그런 소리 하지 마. 얘, 하마터면 죽을 뻔했다고."

리희가 말했다.

하아, 갈수록 태산이로다. 일단 일을 크게 벌이지 않기 위해 난 고양이를 키울 수 없다고 했다. 리희는 조금 풀 죽은 얼굴이 되었다.

이어 나는 리희에게 부원이 되려면 조금 기다려야 한다고 말했다. 지원자가 넘쳐서 오디션을 봐야 하기 때문이라고 둘러댔다. 하지만 어제부터 문의 전화나 메일은 한 통도 없다. 그렇게 대충 이야기를 마무리하고 우리는 산책로를 조금 걸었다. 햇살은 따사롭고 바람은 선선해서 이런 상황에서도 기분이 들떴다. 어쩌면 주말이라 학원에 가지 않아서인지도 모른다.

리희가 동아리에 들지 않도록 설득해야 했다. 문득 에트랑 제라는 단어의 의미가 떠올랐다. 어쩌면 별종이란 말에 우리 셋이 딱 어울린다는 위험한 생각이었다.

리희는 말리만큼이나 얼굴이 두꺼웠다. 상대방의 의사와 상관없이 자신이 원하는 바를 밀어붙이는 추진력이 대단했다. 내게 이런 부류의 인간들을 끌어들이는 페로몬이 있는 걸까……. 이거 참, 피곤하구먼.

고양이 콩이는 가방에서 고개만 빼꼼 내밀고 있었다. 우리가 터널을 지날 때 새까만 녀석의 몸은 그늘에 가려 반짝이는 눈만 보였다. 흠, 뭐, 귀엽게 생기긴 했네. 녹색과 파란색으로 반짝이는 눈동자 속 검은 동공 옆으로 얼룩 같은 점이 나 있었다. 상처인지 뭔지 모르겠지만 눈동자 안에 저런 점이 있다는 게 참 특이해 보였다.

희한한 녀석이라고 생각하며 콩이를 쳐다보자 녀석도 나

를 지긋이 쳐다봤다. 마치 나라는 인간이 어떤 존재인지 간파하려는 듯이. 그러나 콩이는 이내 가방 안으로 머리를 쏙 말아 넣고 사라졌다. 잘생긴 사람 앞에서 부끄럼을 타는 것일지도 몰랐다.

내가 콩이를 관찰하는 동안에도 말리와 리희는 계속 이야기를 주고받았다. 리희가 말리에게 〈펄프 픽션〉의 사무엘 잭슨을 닮았다고 하면 말리는 "그럼 너는 우마 서면 하면 되겠네." 같은 소리를 하는 식이었다. 그럼 나는 존 트라볼타를 닮았다고 해 주려나 내심 기대했건만, 그저 지들끼리 떠들 뿐이었다.

"그거 옛날 영화인데."

내가 말했다.

"말했잖아. 나 영화 좋아한다고."

리희가 웃으며 말했다.

흥, 그러거나 말거나. 도대체 왜 이 길을 걷고 있는 건데? 나는 한가한 사람이 아니다. 이 천금 같은 시간에 별종 둘을 데리고, 심지어 목줄도 채우지 않은 채 산책이나 하는 건 옳지 않다. 어서 도망갈 핑계를 만들어야 한다. 그러나 그 생각도 잠시. 새로운 국면이 다가오고 있었다.

"너희들 싸움 좀 하니?"

리희가 발걸음을 멈추고 물었다.

싸움을 왜 하나? 사람은 뇌와 언어를 사용해서⋯⋯. 잠깐,

저건 또 뭔가?

구름다리 아래로 작은 공터가 보였다. 공터에는 돌로 된 의자가 있었고, 거기에 머리를 노랗게 물들인 남자애와 분홍색 머리를 한 여자애가 쪼그려 앉아 있었다.

그래, 여기에 양아치들이 있다고 했지. 노란 머리 녀석은 눈썹 위에 링 모양 피어싱을 달고서 띠꺼운 표정으로 우리 쪽을 쳐다보고 있었다. 주말인데도 교복을 입은 채 담배를 길게 한 모금 빨던 노란 머리 녀석은 우리를 발견하곤 뭔가 이상한 표정으로 자리에서 일어났다. 나는 상황이 잘못되어 가고 있다는 걸 직감했다.

"야, 너. 우리 일부러 여기로 끌고 왔지? 저거 네가 말한 양아치들 맞지?"

내가 리희에게 말했다. 그러나 리희는 무슨 소린지 모르겠다는 표정을 지었다.

"몰라. 그냥 너희랑 걸었을 뿐이야. 쟤들이 있을 줄 내가 어떻게 알았겠어?"

리희가 말했다. 그럼 싸움 좀 하니 물었던 건 또 뭐냐고.

이 와중에도 노란 머리 녀석이 다가오는 게 보였다. 녀석은 입에 담배를 문 채 한껏 인상을 쓰고 있었다.

"무슨 일인데? 쟤네랑 뭔 트러블 있어?"

말리가 끼어들었다.

리희는 말리에게 그간 있었던 일들, 그러니까 자신이 왜 포레스트 검프처럼 동네를 뛰어다녀야 했는지를 빠르게 들려줬다.

"어이, 또라이. 너 간땡이가 부었냐?"

"저년, 저거 미쳤나 봐."

분홍 머리 여자애도 외쳤다.

그사이 우리 앞까지 다가온 노란 머리 녀석은 담배 연기를 길게 내뿜으며 한껏 분위기를 잡았다. 다부진 체격에 비해 키는 그리 크지 않았다. 그러나 싸움은 덩치로 하는 게 아니잖은가.

"이 새끼들은 또 뭐야? 대가리 왜 이래? 니 쫄따구냐? 뭔 씹다 만 껌 같은 놈들을 데리고 왔어."

노란 머리 녀석이 우리를 이 새끼들이라고 했다. 말리와 내가 녀석보다 5센티미터는 큰데도 거침없이 말하는 걸 보면 배짱이 있는 놈이다. 신중하게 생각해야 했다. 나도 어디 가서 싸움이라면……. 음, 사실 싸움을 해 본 적이 없군. 난 평화주의자고, 대화로 모든 걸 해결할 수 있고, 튼튼한 두 다리가 있고……라고 되뇌는 순간, 말리가 노란 머리에게 별안간 주먹을 날렸다. 픽! 소리와 함께 노란 머리 녀석이 바닥에 나뒹굴었다. 순간 거기 있던 모두가 얼음처럼 굳었다.

"야, 너 뭐 하는 거야?"

내가 소리치자 말리가 어깨를 으쓱했다.

"브로, 이런 땅꼬마는 내게 맡기라고. 리희 말을 들어 보니 베이비 갱스터 같은데 내가 힙합이 뭔지 보여 주지. 유남생?"

"이 씨발 놈이 갑자기 치네."

"준용아, 괜찮아? 너희 뒈지고 싶어? 우리가 누군 줄 알아?"

돌 의자에 앉아 있던 분홍 머리 여자애가 달려와 녀석을 부축했다.

"아니, 이건 좀 오해가 있는데……. 흥분하지 말고 우리 얘기나 한번 해 볼까?"

내 말이 끝나기도 전에 준용이란 놈이 일어나 말리에게 달려들었다. 하지만 말리는 다시 녀석에게 꿀밤을 먹이듯 주먹으로 쳐서 날려 보냈다. 정확한 훅이었다. 어라? 내가 모르는 사이에 말리가 격투기라도 익혔나? 준용이는 다시 바닥에 널브러졌고 분함과 어리둥절함 사이의 표정으로 우릴 쳐다봤다.

상대가 별 볼 일 없는 녀석이라는 걸 알고 나니 마음이 놓였다. 주변에 사람들이 없기에 망정이지, 나까지 불량아로 오해받기 딱 좋은 상황이었다.

"그러게 준용아, 왜 멀쩡한 고양이를 괴롭히냐. 착하게 살아야지. 우리가 사람이 좋아서 이 정도로 끝낼게. 다음부터 고양이랑 쟤 괴롭히지 말아라."

내가 리희를 가리키며 말하자 리희는 두 눈이 동그래져서 나를 봤다.

"요, 이런 데서 시간 때우지 말고 기술을 배워. 유남생?"

말리 역시 스웩을 뽐내며 준용이를 타일렀다. 나는 말리를 향해 엄지를 치켜세웠다. 개똥도 약에 쓴다더니 내가 말리에게 의지하는 날이 올 줄이야.

그렇게 이야기가 막을 내렸다면 좋았을 텐데. 예상치 못한 반전이 기다리고 있었다.

의기양양하게 서 있던 우리 맞은편에서 스무 명 남짓한 건장한 고교생들이 다가오는 게 보였다. 막걸리가 담긴 종량제 봉투를 든 채 걸어오던 그들은 상황을 보고 멈칫했다. 바닥에 쓰러진 준용이와 옆에서 부축하고 있는 분홍 머리와 이상한 놈들 셋이 서 있는 광경.

"야, 이 새끼들 조져!"

말리에게 두 대나 얻어맞은 준용이가 무리를 돌아보며 소리쳤다.

"오빠, 이 새끼들이 우리 때렸어!"

분홍 머리도 세트처럼 외쳤다. 둘의 하모니는 공기 중에 퍼져 양아치들의 달팽이관을 울렸고, 공격성 넘치는 호르몬과 패기로 무장한 10대들이 우리를 향해 일제히 달려오기 시작했다.

"갓 뎀."

말리가 속삭였다.

# TRACK 10

여기서 몇 가지 흥미로운 사실을 이야기해야겠다. 우리를 쫓아오는 저 패거리 중 눈썹 위에 피어싱을 하고(나중에 알고 보니 혀에도 있었다.) 머리를 노랗게 물들인 준용이란 놈은 이 지역에서 유명한 문제아였다.

어릴 적 개구리를 해부해 꺼낸 심장을 짝꿍 식판에 넣는다든지, 책상 금을 넘어온 짝꿍의 손등을 샤프로 찍는다든지 하는 일로 시작해서 그 폭력성은 점점 짙어져 갔다. 녀석은 덩치가 작아 완력이 약한 대신 호모 사피엔스의 후예답게 도구를 사용했다. 컴퍼스나 연필깎이, 의자와 책상까지도 자신의 분노를 표출하는 데 썼다. 아이들은 똥이 드러워서 피한다는 마인

드로 준용이를 대했다. 준용이는 똥이기는 했지만 무서운 똥
이었다. 반성문이나 근신, 정학으로는 준용이를 누를 수 없었
다. 학폭위가 열리기라도 하면 그것은 곧바로 훈장이 되었다.

준용이의 폭력성은 점점 더 가학적으로 변했는데, 급기야
힘없는 동물에게 해를 입히는 단계에 이르렀다. 처음에는 개
미였다. 어린 시절 개미굴에 살충제 스프레이를 뿌리며 놀았
고, 그다음은 개구리 해부였다. '소시오패스'라는 단어에 딱 맞
게 성장한 놈이라고 할 수 있다.

준용이는 조금 더 큰 동물인 고양이를 해부해 보고 싶다는
생각을 했다. 그때 천변을 어슬렁거리는 검은 고양이가 눈에
들어왔다. 주변 친구들에게 큰소리친 준용이는 커터 칼을 들
고 고양이 곁으로 다가갔다.


또 한 가지 흥미로운 사실이 있다.

말리와 나는 리희를 처음 봤을 때 헉헉대며 뜀박질하는 것을
보고 놀랐다. 물론 그건 잘못된 일일 수는 있어도 심각한 일은
아니었다. 그러나 이제는 문제가 심각해졌다. 어느 지역 양아치
무리가 같은 반 친구를 구타했다는 뉴스처럼, 우리는 학교 폭
력이라는 태풍의 눈으로 향하고 있었다. 그제야 난 리희가 우
리를 지나쳐 뛰어갔던 때의 심정을 알 것 같았다. 이래서 경험
이 중요한 것이다. 경험이란 남을 이해하게 되는 첫걸음이다.

우리 세 명은 앞을 향해 거침없이 달렸다. 입을 금붕어처럼 뻐끔거리며, 호흡에 집중하며, 뒤쫓아오는 무리를 따돌리려 했다. 리희가 맨 앞에서 달려갔고 그 뒤가 나, 말리가 꼴찌였다. 이렇게 달리다간 말리가 잡힐지도 모른다. 모든 것에는 동전처럼 양면이 존재한다. 말리가 잡히는 건 안타깝지만 그 덕에 나와 리희는 안전을 보장받는다. 늙고 병든 가젤의 희생으로 세렝게티 초원에 평화가 찾아오는 것이다.

그런 생각을 하는 와중에 앞서 달리는 리희의 가방에서 고양이 머리가 뿅, 하고 솟아났다. 이런 제길. 웃기기도 하고 귀엽기도 했다. 누군가 말했듯이 고양이가 이제까지 멸종하지 않고 살아남은 건 다 귀여워서다.

그렇게 달리던 우리는 곧 크나큰 위기를 맞이했다. 산책로가 끊겨 있었다. 공사 중이라는 표지판이 서 있는 걸 보니 남는 세금을 소진하기 위해 또 하천 정비 공사를 벌이는 모양이었다. 왜 하필 오늘 같은 주말에 공사를 한단 말인가? 표지판 뒤에는 엄청난 높이의 직벽이 놓여 있었다.

우리는 표지판 앞에 멈춰 섰다. 뒤에서는 준용이란 놈을 필두로 양아치들이 우리를 죽인다느니, 패서 오징어를 만든다느니, 머리에 구멍을 내겠다느니 하는 입에 담지 못할 욕지거리를 외치며 달려오고 있었다.

아마 조금 뒤면 저 녀석들이 말한 일이 벌어지리라. 헉헉대며 땀을 흘리고 있는데 누군가 내 손을 움켜잡았다.

"뛸 준비해."

리희가 말했다.

나는 잠시 저 말이 무슨 뜻인지 생각했다. 내가 잘못 들은 건 아닐까? 여기서 뛴다고? 리희는 다른 쪽 손으로 말리의 손을 잡았다. 말리도 나와 비슷한 표정을 짓고 있었다. 리희는 우리 둘의 손을 잡은 채 5미터 높이의 직벽 아래로 점프했다.

어정쩡한 자세였기에 심히 걱정스러웠다. 뛰어내리는데 리희의 가방 속 고양이가 보였다. 녀석과 눈이 마주치며 공중으로 몸이 붕 뜨는 순간, 이 자세는 착지에 그리 도움이 되지 않는다는 사실을 직감했다. 적어도 목이나 척추가 부러질 것이라는 예감이 몸을 감쌌다. 그러나 이상야릇한 자세에서도 나는 묘한 안정감을 느꼈다. 예전에도 이런 일을 경험했으며, 그때와 마찬가지로 죽지 않을 거라는 근거 없는 평온함이 찾아왔다.

공중으로 뜬 몸은 부드럽고 유연하게 움직여 아랫길에 사뿐히 내려앉았다. 누군가 공중에서 내 몸을 살살 돌려 안전하게 착지시켜 준 기분이었다. 나는 어리둥절해져서 리희의 얼굴을 쳐다봤다. 침착하고 자신감 넘치는 얼굴이었다. 역시 코가 커 보이긴 했지만, 어쩐지 그것도 어떤 가치가 있는 것처럼 여겨졌다.

별종이다.

내가 리희를 보며 떠올린 것은 바로 그 단어였다. 별종이란 무엇인가? 그것은 종의 분류가 다른 것이며, 보통의 것과 그 궤를 달리하는 것이다. 그렇다는 것은……. 설마?

"너……."

내가 바닥에서 고개를 들어 리희를 바라봤다.

리희는 〈그래비티〉의 마지막 장면에서 대지를 딛고 일어서는 샌드라 블록처럼 내 앞에 서 있었다.

"너…… 외계인이야?"

나는 입을 벌려 내가 품고 있던 의문을 던졌다.

내 물음에 리희는 고개를 짧게 끄덕였다.

# TRACK 11

"지, 진짜야?"

멍청한 질문에 놀랄 만한 답이었다.

방금 전의 낙하로 인해 깨어난 예전의 기억이, 리희를 우리와 다른 존재로 여기게 했다.

"뎀, 베이비 걸이 진짜 외계인이란 말이야? 뭔가 다를 줄 알았지만. 브로, 얘 이름도 특이하잖아."

말리가 먼지를 털며 흥분한 목소리로 외쳤다.

이름? 박리희라는 이름이 뭐가 특이하다는 건지 모르겠지만, 지금 중요한 건 리희가 자신이 외계인이라고 고백했다는 사실이다.

"그래. 나, 가끔 그런 소리 들었어. 외계인 같다고."

리희가 말했다.

"아니, 그거 말고 진짜 외계인이냐고? 너도 고개 끄덕였잖아. 아니라면 어떻게 이 높이에서 우리 둘을 끌고 무사히 착지했는데?"

내가 묻자 리희가 싱긋 웃으며 뭔 헛소리냐고 핀잔을 줬다. 리희는 내 질문을 '너 이상한 애냐.'라고 받아들였고, 그렇다고 대답했을 뿐이라 했다. 외계인=별종. 이런 공식을 떠올리며 한 말이란 소리다.

"설마 내가 진짜 외계인이겠어? 난 그냥 고양이를 사랑하고 운동부에서 쫓겨난 여자애라고. 여기서 무사한 건 운동으로 단련된 내 반사 신경 덕분이겠지. 정 뭐하면 오늘 로또라도 사 보지 그래? 하여간 웃기는 애들이야."

리희는 코주부 같은 뿔테 안경을 올려 쓰며 말했다.

말리와 나는 서로를 허망하게 쳐다봤다. 한때 우리가 공유했던 멋진 세계가 다시 나타났을지 모른다는 희망이 사르르 녹아내렸다. 예전으로 돌아간 것 아닐까 하던 생각 역시.

하지만 그게 문제가 아니었다. 등 뒤에서 엄청난 수의 양아치들이 우리를 노려보고 있었다. 우리가 무사히 착지한 것을 보고 조금 놀란 눈치였다. 우리 셋은 자리에서 일어나 흙먼지를 털고 위를 올려다봤다. 아직 안심하기에는 이르다. 계속 도망쳐야 했다.

"거기 가만히 있어, 이 씹쌔들아."

말리에게 두 대나 얻어맞은 준용이가 위에서 소리쳤다.

"너 내 손에 걸리기만 해. 아주 찢어 버릴 거야!"

분홍 머리의 목소리가 뒤따라왔다. 말리는 잘 안 들린다는
듯 귀에 손을 대고 놈들을 놀렸다.

"왓? 뭐라고 하는지 안 들리는데? 세이 라우러!"

"야, 하지 마."

내가 말리를 말리고 있는데 리희는 녀석들에게 주먹질하는
시늉까지 했다. 아마 우리가 안전지대에 있다고 믿은 모양이
었다. 우리의 도발에 이성을 잃은 녀석들은 막걸리가 든 종량
제 봉투를 옆에 던져 버리더니 하나둘 직벽 위에서 뛰어내릴
준비를 했다. 하지만 바로 뛰어내리지는 못하고 뒤돌아 낑낑
대며 기어 내려오다가 데굴데굴 뒹굴었다. 뭔 삼천 궁녀도 아
니고…….

"야, 씨. 왜 도발하고 난리야. 그냥 조용히 도망이나 갈 것이지."

한 놈씩 내려오는 걸 보며 내가 소리쳤다.

우리는 벽을 내려오는 녀석들을 피해 또다시 달리기 시작했
다. 하천 주변으로 흐드러지게 핀 갈대와 들꽃들이 우리의 상
황을 비웃는 듯했다.

"이게 다 고양이 한 마리 때문에 벌어진 일이란 말이지? 유

남생?"

말리가 소리쳤다.

"미안, 다 나 때문이야. 그래도 멀쩡히 서서 얻어맞는 것보다 도망치는 게 낫겠지?"

리희가 조금 신나서 떠들었다. 사태의 심각성을 조금도 인식하지 못한 것 같았다. 아니면 달리기에 자신이 있거나. 생각해 보면 저 녀석들과 트러블이 생긴 후 리희는 한 번도 잡힌 적이 없다. 그랬다면 몸이 성할 리 없을 테니까. 리희는 절대 잡히지 않을 거라고 생각하는 듯했다.

그렇지만 말리와 나는 운동부 출신이 아니다. 예전에 재개발 지구에서 아리 샘을 돕기 위해 달리던 때가 떠올랐다. 나는 강렬한 추억에 다시금 사로잡혔다. 이제는 잊어야 할 기억들. 한편으로는 잊고 싶지 않은 기억들이다. 누군가와 밤새도록 그날의 무용담을 떠들고 싶었지만, 그랬다간 바로 감옥행이다. 우리는 정치적 희생양이었고, 우주적 감시 대상이었다.

지금 이 순간, 그런 일들은 가슴 속에 묻어 두어야 했다. 무수한 주먹질과 발길질과 가래침 세례를 피해 도망쳐야 한다. 아무리 생각해도 우리 셋이 저 스무 명은 넘어 보이는 혈기 왕성한 양아치들과 싸우는 건 무리였으니까.

우리는 산책로를 벗어나 주택 단지 쪽으로 도망쳤다. 누군가 우리가 줄지어 달리는 모습을 봤다면 '러닝 크루인가?' 생각할 법했다. 실제로는 도둑과 경찰 놀이에 가까웠지만. 잡히면 끝나는 게임. 투 비 컨티뉴도 존재하지 않고 그냥 디 엔드다. 몇몇 사람이 우리를 쳐다봤지만 대수롭지 않게 여기는 듯했다.

주택 단지는 공사가 끝나 이미 입주한 가구도 많았지만 위로 올라갈수록 나머지 공사가 한창이었다. 아직 완공되지 않은 주택의 골조와 그 앞에 수북이 쌓인 자재들, 건설 장비들이 보였다. 주말이라 건설 노동자들도 휴식을 취하는지 짓다 만 주택 단지에는 인기척이 없었다.

"말리야, 우리 이쪽으로 도망가는 게 맞는 걸까? 사람이 많은 쪽으로 가는 게 더 낫지 않겠어?"

"댓츠 라잇, 브로. 뭔가 스파게티 면처럼 꼬이는 중이야."

말리가 헉헉대며 외쳤다.

녀석도 이제 한계에 다다랐는지 다리가 무거워 보이고 얼굴이 평소보다 더 웃겼다.

"조금만 힘내. 나는 고양이까지 메고 있잖아."

리희가 외쳤다.

우린 왜 이 햇살 아래 뜀박질하고 있는 걸까? 가빠 오는 호흡 속에 원인을 떠올려 봤다. 그건 바로 이 코주부 때문이다. 그렇다. 모든 사건의 실마리를 따라가면 결국 처음 시작점에는 리회가 있었다. 순간 울화가 치밀었지만 잘잘못을 따질 타이밍이 아니었다. 리희도 처음과 다르게 다리를 약간 절며 힘겨

위하고 있었다. 이대로는 무리다. 우리는 모퉁이를 돌았다. 그리고 철근 골조가 훤히 드러난 어느 건물 안으로 숨어들었다.

"일단 여기 숨자."

부디 양아치들이 자신들이 사랑하는 막걸리를 길바닥에 던지고 온 걸 떠올리며 돌아가기를 빌었다. 설마 이 많은 건물을 다 뒤지지는 않겠지.

우리 셋은 공사 자재로 보이는 나무판자가 쌓여 있는 곳 뒤로 몸을 숨겼다. 덩치 큰 고교생 세 명이 숨기에는 터무니없이 비좁은 장소였고, 자연스레 서로 밀착하게 됐다. 내 바로 옆에는 리희가 있었다. 이성과 이렇게 가깝게 붙어 있으니 자연스럽게 아리 샘의 기억이 떠올랐다. 그만, 그만하라고!

내가 머리를 흔들자 리희가 눈을 동그랗게 뜨고 나를 봤다.

"무서워?"

그렇다. 이 사태의 원인 제공자와 함께 있으니 무섭다. 나는 피해자다. 나는 선량한 고등학생이고, 미래의 영화감독이자, 인류를 구원한 바 있는 멋쟁이다.

"흐음, 뭔가 좋은 냄새가 나네? 유남생?"

말리가 코를 킁킁거리며 말했다. 그러면서 리희에게 무슨 샴푸를 쓰는지 묻자 리희는 취향이 훌륭하다며 말리를 칭찬했다. 놀고들 계시네요.

"그나저나 베이비 걸, 아까 보니까 다리 절던데. 괜찮은 거?"

"어, 가끔 무리하면 그래."

리희는 그 말과 동시에 치마를 걷어 올렸다. 순간 당황해 눈을 질끈 감았지만, 치마가 위험한 수위까지 올라가진 않았다. 리희의 무릎에는 지렁이처럼 큼지막한 흉터가 나 있었다. 10센티미터쯤은 될 만한 크기의 흉터로, 딱 보기에도 큰 수술을 받은 흔적이었다.

"재작년에 건널목에서 음주 운전 차에 치였거든. 1년 동안 재활했는데 아직 완전히 낫진 않았어."

리희가 말했다.

그제야 리희가 운동부에서 쫓겨났다고 한 이유를 알 것 같았다. 오히려 그렇게 덤덤하게 말하니 이쪽에서 할 말을 찾기 어려웠다.

"와우, 뎀. 음주 운전은 적어도 무기 징역을 때려야 해. 우리나라는 술에 너무 관대하다니까. 유남생?"

말리가 흥분해서 말했다.

나 또한 리희의 무릎에 난 상처를 보며 맞는 말이라고 생각했다. 말리는 리희에게 아픈 상처가 있지만 꿋꿋하고 당찬 모습이 아름답다고 치켜세웠다.

"브로는 베이비 걸 코가 크다고 했지만, 난 그런 이성이 좋더라고. 확실히 국제결혼 타입인가 봐."

말리의 말에 리희가 나를 살짝 째려봤다. 나는 눈을 동그랗게 뜨고 손사래를 쳤다. 이제까지는 저 뿔테 안경 때문에 느끼지 못했는데, 리희는 눈이 컸다. 코도 크고 눈도 크고, 대신 얼굴은 그리 크지 않았다. 이국적인 생김새라고 할까? 자세히 보면 모스크바나 우크라이나에서 씨앗 호떡을 팔 것 같은 외모였다. 나는 눈이 큰 여자들에게 약하다.

말리는 계속 리희와 하하 호호 떠들어 댔다. 급기야 핸드폰을 꺼내 함께 셀카를 찍기까지 했다. SNS에 올린답시고. 그 모습을 보며 나는 입을 굳게 다물고 있었다.

"브로, 우리 얘한테는 그 얘기 해도 되지 않을까?"

말리가 말했다.

녀석은 리희가 굉장히 맘에 든 눈치였다. 나는 고개를 저었다. 무슨 뜻인지는 알겠지만, 그건 어마어마하게 위험한 일이다.

"뭔데? 나도 말해 줘."

"미안하지만 그건 곤란해."

내가 말했다.

"나도 너희 친구잖아. 에트랑제 멤버이기도 하고."

얼씨구? 지금까지 세 번 만난 주제에 친구라니. 게다가 벌써 멤버가 된 듯이 굴고 있네. 그런 점이 리희의 매력이라면 매력이었다. 정말로 리희를 말리만큼이나 오래 안 것 같은 기분이 들었으니까.

"걸, 이건 어디 가서 얘기하면 안 되는데…… 우리가 얼마

전에 외계인이랑……."

말리가 참지 못하고 말을 꺼냈다. 이번 주에 말리의 집으로 관타나모행 티켓이 날아올 것이다. 나는 말리의 입을 틀어막았다. 그러나 리희는 뭔가 중요한 것을 알아차린 듯 눈을 반짝였다.

하지만 우리의 대화는 거기서 끝났다. 근처에서 소란스러운 발소리와 말소리가 들려왔다. 우리가 숨은 건물 주변에서 녀석들이 웅성대며 "넌 여기로 가.", "넌 저기로." 같은 말을 주고받았다.

우리는 몸을 웅크리고 녀석들이 떠드는 소리를 듣고 있었다. 정말 여기 있는 건물을 다 뒤질 생각이란 말인가? 녀석들은 멕시코 마약 조직처럼 일사불란하게 움직였다. 물론 그 동력은 우리가 제공했다고 할 수 있겠다. 그동안 속을 뒤집어 놓던 리희와 그 일당을 놓치지 않겠다는 굳은 의지와 집념과 양아치 근성이 한데 어우러졌다. 목적의식을 가진 폭력의 힘이었다.

얼마 지나지 않아 우리가 숨은 건물 안으로 들어오는 발소리가 들렸다. 집요한 놈들. 그 정성으로 공부를 하면 서울대가 아니라 MIT에도 합격하겠네.

거친 바닥을 딛는 발소리에 우리는 바짝 붙어 섰다. 심장이 쿵쾅대고 얼굴에는 땀이 송골송골 맺혔다. 숨소리조차 낼 수 없었다.

"아, 이 자식들. 어디로 튄 거야? 여기도 없나 보네."

그래, 욕이나 한 사발 늘어놓고 얼른 막걸리 마시러 가렴. 바닥을 쓸던 발소리가 점점 더 작아져 출입문을 향했다. 살짝 안도감이 들 때쯤, 역시 말리가 한 건 하고 말았다. 말리의 핸드폰에서 메시지 수신음이 우렁차게 울려 퍼진 것이다.

"야. 왜 진동으로 안 했어?"

내가 조용히 속삭였다.

"나보고 어쩌라고. 브로, 진정해."

말리가 속삭였다.

저놈의 핸드폰 중독. 리희는 쉿, 하는 손짓으로 우리를 진정시켰다. 방금 전까지 들렸던 발소리는 사라졌다. 그렇다면 말리의 핸드폰 소리도 지나친 게 아닐까? 우리는 서로의 얼굴을 쳐다보다가 천천히, 아주 천천히 목을 빼 출입문이 있는 방향을 바라보았다.

그곳에는 건장한 양아치들이 스무 명 남짓 모여 있었다.

# TRACK 12

"준용이라고 했던가? 마이 프렌드?"

말리가 어정쩡하게 서서 말했다.

"아까 있었던 일은 오해라고. 유남생? 내가 사람을 착각한 모양이야."

착각일 리 없었고, 저놈들과 친구일 리는 더더욱 없었다. 나중에 안 사실이지만, 저놈들은 중3이었다.

분양 사무실이라도 차려진 듯 짓다 만 건물이 사람들로 북적였다. 우리 눈앞에 서 있는 스무 명 남짓한 양아치들은 머리색이 아주 휘황찬란했다. 저들 딴에는 개성 표출이라고 했겠지만, 그 카오스 속에서도 양아치라는 하나의 공통점은 굳건

했다.

"이런 씨버럴 놈들. 개열받게 만드네."

준용이가 이를 갈며 내뱉었다. 맨 앞에 서서 우리를 노려보는 게, 아무래도 준용이가 무리를 이끌고 온 것 같았다.

녀석은 눈으로 레이저를 쏘려는 듯 우리를 노려봤다. 증오와 복수심과 폭력성이 담긴 눈길이었다. 그 뒤에 서 있는 놈들은 말할 것도 없었다. 분홍 머리 여자애는 리희를 보더니 손으로 목을 긋는 시늉을 했다.

"이봐, 친구들. 친구들이라고 해도 되겠지? 시기와 장소가 참 안 좋네. 어찌 보면 우리가 좋은 곳에서 만나 우정을 나눌 수도 있었을 텐데. 인생이란 변화무쌍하잖아."

나의 특기를 발휘할 때였다. 스스로를 사울 굿맨이라 생각하며 이놈들을 진정시킬 방법을 찾아야 했다. 아니면 나라도 탈출을……

"뭐라고 씨부리는 거야. 이 새끼들, 오늘 잘 걸렸어. 먼지 나게 처맞아 봐야지."

준용이가 내뱉었다.

"워, 워. 그렇게 화낼 필요 없잖아. 이 상황을 보면 누가 승자이고 누가 패자인지 모를 수가 없어. 우리는 너희가 충분히 강하고 잘생겼다는 걸 인정해. 그리고 우리가 잘못했다는 것도 깨달았지. 그런데 세상일이라는 게 다 자기 하고 싶은 대로 할 수는 없는 거잖아?"

내가 반걸음 정도 앞으로 나가 두 손을 들어 무기가 없다는 걸 보이며 말했다. 리희는 그런 내 모습에 조금 당황한 듯 보였다.

"뭔 개소리야?"

준용이 뒤에 있던 녀석이 소리쳤다. 주먹이 간지러워 얼른 우리를 때리고 싶은 모양이다. 이곳은 좁다. 뒤로 뚫린 길 같은 건 없고, 좁은 공간에 철근 기둥까지 서 있어서 저 많은 인원을 헤치고 도망치는 것은 불가능하다.

"너희가 지금 화났다는 것도 알고, 그 잘못이 우리에게 있다는 것도 알아. 그러니까 바쁜 와중에 막걸리도 팽개치고 여기 모인 거 아니겠어, 그렇지? 그런데 너희가 잠깐 품었던 분을 풀기 위해 우리에게 주먹질이나 발길질을 한다면 그게 인생에 어떤 도움이 될까? 그래, 잠깐의 스트레스는 해소될지 모르지. 하지만 너희 분이 풀릴 때까지 우리가 얻어맞는다면 꽤 많은 문제가 생길 거야. 병원에 가면 전치 4주나 8주 이상의 진단이 나오겠지."

어떤 녀석이 "16주다, 씹새야!"라고 소리쳤다.

"그래, 그렇다고 치자. 문제는 그렇게 되면 우리는 너희를 감싸고 싶어도 그럴 수 없게 된단 말이야. 사회 시스템이라는 게 원래 그래. 내가 천애 고아가 아닌 이상 부모님은 나를 달달 볶을 거야. 어디서 맞은 거냐고 말이야. 내가 계단에서 넘어졌다고 해도 엄마는 그 말을 믿지 않겠지.

어서 말해라, 경찰서에 가자, 변호사를 선임할 거다, 같은 말을 하겠지. 그러면 결국 우리는 너희의 이름을 불게 될 거고 너희는 다리 아래에서 평화롭게 막걸리를 시음하다 느닷없이 나타난 경찰에 붙잡혀 사이렌이 울리는 경찰차에 타게 될 거야. 어쩌면 잠깐의 영웅 심리로 경찰차에 탄 걸 자랑스럽게 여길지도 모르지.

하지만 구치소에 수감되고, 산책 중인 미래의 영화감독을 집단 폭행한 죄로 판사님 앞에 서게 될 때를 생각해 봐. 그때에야 뭔가 잘못 돌아가고 있다는 걸 깨닫고 판사님에게 선처를 구하지만, 판사님이 '안 돼. 봐줄 생각 없어.'라고 말할 건 불 보듯 뻔한 일이잖아. 너희를 면회하러 온 부모님은 창살 너머에서 '이놈아, 잠깐을 못 참아서 이 사달을 내느냐.'라고 말씀하시며 눈물을 훔칠 거야.

너희한테는 폭력 전과가 남을 거고, 사회에 나가면 공공 근로 말곤 할 일이 없다는 냉정한 현실과 차가운 시선을 마주하게 되겠지. 물론 그 전에 퇴학부터 당하겠지만."

나는 숨도 쉬지 않고 놈들에게 구원의 손길을 내밀었다. 마치 길 잃은 양을 인도하는 목자처럼. 죽도록 노력해서 그들의 목자가 되려는 〈펄프 픽션〉의 사무엘 잭슨처럼 말이다. 내 긴

연설을 들은 녀석들은 박수도 치지 않고 멍하니 나를 바라봤다.

"난 이미 퇴학당했는데, 씹새야."

고요한 분위기에서 누군가 외쳤다.

"그래? 그럼 넌 마지막 부분은 빼 줄게."

내가 말했다.

"뎀, 멋진 연설이었어. 요, 브로들. 우리 지난 앙금은 잊고 서로 친구가 되는 거 어때? 유남생? 브로들도 우리가 어떤 사람인지 알면 절이라도 하고 싶어질걸? 피스."

말리가 내 어깨를 두드리며 말했다.

리희는 이 광경을 조금 멍한 표정으로 바라보고 있었다. 그 애는 내가 최선을 다해 이놈들과 협상하고 있다는 걸 믿을 수 없는 모양이었다.

"개소리하네."

우리의 준용이가 말했다. 애석하게도 녀석은 최대한 알아듣기 쉽게 설명해 줬는데도 그럴 생각이 전혀 없어 보였다.

"이거 완전히 또라이들이네. 끼리끼리 어울린다고 하더니, 아주 환상의 커플이야."

준용이 옆에 선 덩치 큰 녀석이 말하자 다른 놈들이 껄껄거리며 웃었다. 우리도 놓칠세라 녀석들과 함께 웃는 얼굴로 화평책을 펼쳤다.

"헤이, 맨. 우리가 어떤 일을 했는지 알면 너희도 이렇게 나오지 못한다니까. 우리 때문에 브로들이 막걸리도 마실 수 있는 거야. 언더 스탠?"

말리도 반걸음 나서며 말했다.

아직 공사 중이어서 비닐을 둘러놓은 창문으로 햇살이 들어와 내부를 비췄다. 그러자 준용이 녀석의 사악한 표정이 눈에 들어왔다. 소통이라는 건 그걸 받아들일 수준의 상대가 있어야 가능하다는 걸 깨닫는 순간이었다. 우리가 떠든 이야기가 씨알도 먹히지 않을 거라는 예감이 들었다.

그때 준용이가 주머니에서 뭔가를 꺼냈는데, 자세히 보니 커터 칼이었다. 녀석은 그것을 꺼내 드르륵 소리를 내며 고요를 깨트렸다.

"얘기 잘 들었고. 내 호적에 빨간 줄이 가든지, 너희가 뒤지든지 오늘 결판을 내야겠다."

그 말에 맞춰 옆에 있던 녀석들도 갑자기 각목이나 자전거 체인, 십자드라이버, 멍키 스패너, 삼각자 등을 꺼내 손에 쥐었다.

말리는 녀석들에게 코 수술을 한 지 얼마 되지 않았기 때문에 이러지 말자고 했으나 원하는 대답은 돌아오지 않았다. 살기등등한 녀석들의 기세에 우리는 반걸음 물러섰다.

"에이, 이건 좀 아니지. 나도 알고 보면 재밌는 놈이야. 너희 영화 좋아해? 내가 영화감독이거든. 여기 옆에 있는 애는 제작자 겸 붐 마이크 담당이고……."

이 말을 하는데 리희가 뭔가를 원하는 눈빛으로 나를 빤히 바라봤다. 하지만 내가 아무 말도 하지 않자……

"나는 배우야."

리희가 외쳤다.

그러자 녀석들은 배우가 그렇게 없냐며 껄껄댔다. 잠시 웃긴 했지만, 놈들은 다가오는 걸음을 멈추지는 않았다.

"예, 브로들. 진정해. 이지, 맨."

"그래, 내가 지금 영화 만들고 있는데 원한다면 너희도 출연시켜 줄게. 마침 갱스터 무비를 준비 중이었거든. 가만 보니 준용이 너 카메라 무지 잘 받을 거 같은데. 지금 표정 좋네."

말리와 나는 탄광 속에서 노래하는 카나리아처럼 재잘댔지만, 녀석들은 무시했다. 이제 진짜 맞아 죽게 생긴 모양이다.

"야, 그만해. 그런다고 저 애들이 멈출 거 같아?"

뒤에서 리희가 조그만 소리로 말했다.

"그럼 어떡하라고? 이대로 맞아 죽어?"

내가 리희를 향해 소곤거렸다.

리희는 대답 대신 한 걸음 물러선 우리와 반대로 녀석들 앞에 혼자 나섰다.

"얘들은 잘못 없어. 애초에 너희가 원한 건 나였잖아."

우리 앞을 막아선 리희의 뒷모습이 보였다. 이게 무슨 소리야? 얘는 이런 상황에서 겁도 없는 건가?

"그러니까 나만 데리고 가. 애네들은 그냥 보내 줘. 나를 데리고 가서 죽이든지 삶든지 너희들 마음대로 해. 그럼 됐지?"

말리와 나는 리희 뒤에서 어버버하며 그 애가 무슨 말을 하는지 해석하기 바빴다. 정녕 저 말이 진심이란 말인가? 리희는 〈신세계〉에 나온 대사처럼, 웬만한 사내놈보다 빠이팅이 넘쳤다.

"뭐래? 또라이가."

분홍 머리가 리희에게 소리쳤다. 얘는 유난히 리희를 싫어하는 듯 보였다.

"베이비 걸, 이게 뭔 소리야? 완전 자살 행위라고."

"야, 미쳤어? 어쩌려고 그래? 죽고 싶어?"

말리와 내가 속삭였다. 리희는 고개를 돌려 우리를 봤다.

"맞는 얘기잖아. 괜히 너희를 끌어들여서 미안해. 너희는 이일과 상관없어. 이건 내가 해결해야 할 문제야. 그러니까 그렇게 알아."

그랬다. 리희는 정말로 우리에게 미안해하고 있었다. 일부러 이 사태에 끌어들였다는 의심을 한 나는 살짝 부끄러워졌다. 그동안 내 한 몸만 생각하며 일신의 영달을 꾀했던 지난날이 민망하기 그지없었다. 하물며 동갑 여자애에게 이런 감정을 느끼다니. 후회, 부끄러움, 죄책감, 자괴감 등의 감정이 부채춤을 추듯 다가와 나를 둘러쌌다. 결국, 그것은 리희를 향한 일말의 동경까지 일으켰다.

갑자기 말리가 한 말이 떠올랐다. 리희의 이름이 특이하다는 말이.

박리희. 흔치 않은 이름이지만 그렇다고 튀는 이름도 아니었다. 북유럽 신화에 등장하는 신들의 신 오딘 곁에 자신을 위해 전장에서 죽은 전사들의 혼을 발할라로 이끄는 반인반신의 여전사가 있다.

그녀들의 이름은 발키리였다.

박리희, 발키리.

말리의 말이 맞았다. 특이한 이름이다. 그리고 결심했다. 오늘 우리는 리희를 따라 발할라로 갈 것이다. 그러기 위해선 일단 용감해질 필요가 있다.

"얘 데려가려면 나도 같이 간다."

내가 리희 옆에 서며 말했다.

"뎀, 브로, 마이 맨. 나도 데려가라."

말리도 감격한 듯 앞으로 나서며 리희를 가로막았다.

"너희들…… 정말 머리가 나쁘구나."

리희가 속삭였고, 우리는 웃었다. 리희는 한숨을 내쉬긴 했지만 얼굴에는 미소가 떠올라 있었다. 역시 코가 크다.

"하아, 지랄 똥을 싸네. 영화감독이라고 구라 치더니 이젠 카메라도 없는데 영화 찍고 자빠졌네."

우리의 아름다운 우정에 심사가 꼬인 준용이가 외쳤다. 이제 녀석들의 인내심에도 한계가 온 듯했다.

"아이씨, 시간 아까우니까 얼른 패자."

"오케이. 그게 좋겠어. 밤새도록 패야 하니까."

녀석들은 목청껏 소리치더니 손에 든 흉기로 우리에게 공격을 감행했다. 아찔한 순간이 다가온다. 살면서 맞아 본 적이 없어 맷집을 시험할 기회가 없었는데 이번에 확인하게 생겼다.

엄마가 퉁퉁 불어 터진 내 몰골을 본다면 얼마나 슬퍼하실까. 낚시를 좋아하는 아빠는 어떤 게 오징어고, 어떤 게 아들 얼굴인지 못 알아보고 끊었던 담배를 다시 피울지도 모른다. 저놈들이 잠깐의 화를 참지 못해 큰 사회적 비용이 낭비되는 것이다.

이런 쓸데없는 생각을 하고 있을 때, 은색으로 반짝이는 멍키 스패너가 공중으로 치켜 올라갔다. 내가 자동차 엔진도 아닌데 저걸로 날 치려는 것인가? 내 두개골이 저걸 버틸 수 있을까? 이놈들아, 우린 지구를 구한 사람들이라고!

하지만 변화의 순간이 찾아왔다. 변화란 익숙한 것을 타파할 때 나타나는 것이다. 멍키 스패너가 머리 위 5센티미터 지점까지 날아왔을 때, 그 변화가 찾아왔다.

우리와 양아치들이 대치하고 있던 건물 벽면이 와장창 소리를 내며 무너졌다.

마치 포탄이 터진 것처럼 우레와 같은 소리와 함께 육중한 힘이 콘크리트 벽을 부숴 버린 것이다. 날림으로 지은 것처럼 보이진 않았는데…….

두꺼운 벽을 뚫고 들어온 것이 잦아드는 흙먼지 사이로 모습을 드러냈다. 다들 느닷없이 벌어진 사태에 깜짝 놀라 두 눈이 휘둥그레진 채 무슨 일이 벌어진 건지 파악하려 애썼다.

잠시 후, 흙먼지가 완전히 가라앉자 우리 눈앞에는 흰머리 남자가 서 있었다.

# TRACK 13

실내는 어두웠다. 창문이나 다른 조명 기구 없이, 천장에 매달린 갓등만 빛났다. 그리하여 그 공간의 크기를 가늠하기란 어려운 일이었다. 열 명은 족히 앉을 수 있는 기다란 탁자 주위로 고급 가죽 의자가 늘어서 있었고, 탁자 한쪽 끝에는 흰머리 남자가, 다른 쪽 끝에는 또 다른 누군가가 앉아 있었다. 둘은 어둠 속에서 서로를 바라보고 있었다. 흰머리 남자는 탁자 위에서 호두 두 알을 굴리는 중이었다.

"그래, 앞으로의 계획은 무엇인가요?"

흰머리 남자 맞은편에 앉은 남자가 물었다. 흰머리 남자는 고급 가죽 의자에 기댄 채 제 앞에 놓인 호두를 바라보았다.

"뭔가 생각이 있었던 것 아닙니까?"

맞은편 남자가 정중한 말투로 흰머리 남자를 다그쳤다.

"생각이라……. 있었지. 그런데 서두를 필요 없잖아. 사실 도메인에서 온 그 여자는 거의 잡을 뻔했어. 결국 실패했지만. 그 일로 내게 책임을 물을 생각인가 보지?"

흰머리 남자가 계속해서 호두를 만지작거렸다.

"그렇지요. 우린 당신의 말을 믿었으니까요. 아실지 모르겠지만 당신의 요구를 들어주는 데 들어간 공이 만만치 않습니다. 우주선이 숨겨져 있다는 말만 믿고 동네 전체를 개조한 셈이니까요. 기간 시설에 들어간 비용이 꽤 크거든요. 그렇지만 국가 발전에 대한 대가로는 충분히 감당할 만했습니다."

맞은편 남자가 테이블 위로 두 손을 깍지 꼈다. 중후한 목소리로 보아 적어도 40대 후반인 듯했다. 흰머리 남자는 팔걸이에 걸친 팔에 턱을 괸 조금 삐딱한 자세였다. 그는 오직 호두에만 관심 있다는 듯 맞은편 사내의 말에 귀 기울이지 않는 눈치였다.

"우리는 발전적 협력 관계에 있다고 믿고 싶습니다. 그래서 당신을 환영한 것이고, 당신이 말한 그 계획들을 실행한 겁니다. 저는 당신을 좋아해요. 하지만 이건 개인적인 감정과는 다른 문제입니다. 조직이라는 게 다 내 뜻대로 되는 건 아니지 않습니까."

"상부에서 문제를 제기했나 보군."

흰머리 남자가 말했다.

"그렇죠. 원인과 결과. 인풋이 들어가면 당연히 아웃풋을 요구합니다. 공무원 사회에서는 특히 중요한 거죠."

맞은편 남자가 부드러운 목소리로 말했다. 그러나 부드러운 목소리에는 어떤 단호함이 깃들어 있었다.

"그래서 말하고 싶은 게 정확히 뭐지? 요즘 들어 확실한 게 좋더라고. 본론을 이야기하지."

흰머리 남자가 탁자 위에 있던 호두 두 알 중 하나를 손으로 두 동강 냈다. 호두가 부서지는 소리가 울려 퍼졌다. 잠시 정적이 흐른 뒤, 맞은편 남자가 심호흡을 했다.

"아직 우리는 우호적인 관계라고 말하고 싶습니다. 당신과 당신네 종족을 여전히 신뢰하고 있어요. 하지만 위에서는 이번 실패를 매우 실망스러워하고 있습니다. 당신은 그 외계인이 다시 돌아올 것이라 말했는데……. 그 말이 사실일지, 당신의 말만 믿고 또 많은 시간과 자원을 투입해야 할지 논의 중입니다."

"흠, 그러니까 저울질 중이라는 말이군."

"그렇다고 할 수 있지요. 더군다나 일이 커져서 우리의 정보망 안에 있어야 할 것들이 손가락 사이로 모래처럼 빠져나가고 있습니다. 그 꼬맹이들 문제도 그렇고요."

맞은편 남자는 앞에 놓인 서류철을 몇 장 넘겨 보았다. 거기에는 준호와 말리의 인적 사항이 적힌 서류도 있었다.

"걔들은 걱정 안 해도 돼. 어쨌거나 어린애들이잖아. 그 애들을 잡아 가둔다고 뭐가 달라지지 않는다고."

흰머리 남자가 호두 껍데기를 골라 바닥으로 떨어트렸다. 남자는 늘 하던 대로 알맹이만 골라 씹었다.

"그렇겠죠. 그런 어린애 둘이 뭔가를 할 수 있다고 생각하진 않습니다. 그러나 국가적인 차원에서 보면 모든 게 명확한 게 좋습니다. 이런 일 처리 방식에서 저희와 불일치를 보인다는 게 문제지요."

"그럼 내가 어떻게 하면 좋겠어?"

흰머리 남자는 고개를 들어 맞은편을 응시했다.

"글쎄요. 지금은 시간이 필요한 것 같습니다. 당신과 의논해야 할 것도 많고, 위에서 이 문제에 어떤 방향으로 대응할지도 알아봐야겠지요."

"그렇다면 이 미팅의 목적은?"

흰머리 남자가 물었다.

"아마, 당신이 더 잘 알지 않을까요?"

맞은편 남자가 웃었다. 흰머리 남자는 준호와 말리 때문에 외계인을 생포하고 우주선을 확보하는 데 실패했다. 랩틸리언인 그가 다른 외계인을 생포하는 데 도움을 주는 것에는 이해되지 않는 부분이 있었지만, 그저 도메인 연합 외계인과 랩틸리언 외계인 사이의 오래된 악감정 때문일지도 몰랐다. 그리고 이 의미 없는 미팅은 인간들이 그에게 보내는 일종의 경고임을 흰머리 남자는 잘 알고 있었다. 혹은 실패에 대한 비난일지도. 결과적으로 효용 가치가 없는 일에 막대한 자원을 낭비한 셈이었고, 외계인의 말만 믿고 따르기에 인간의 과학 기술도 어느 정도 진보를 이룬 상태였다. 그러니 정확히는 자원과 효율 사이에서 저울질 중인 셈이었다.

"그래, 좋아. 그렇다면 여기서 이야기를 정리하면 되겠군. 당신들 뜻은 잘 알겠어. 뭔가 더 큰 생선을 물어다 줘야 직성이 풀린다, 이거겠지?"

흰머리 남자는 의자에 등을 푹 기대며 말했다. 맞은편 남자가 고개를 끄덕였다.

"그러기를 바랍니다. 위에서 조바심을 내고 있다는 것만 알아주십시오."

흰머리 남자가 숨을 크게 들이마셨다.

"아, 한 가지 더."

맞은편 남자의 말에 흰머리 남자가 허공을 보던 눈길을 돌렸다.

"최근에 의사를 만났다고 하던데……."

"그랬지. 몸 상태를 점검할 겸."

"그렇군요. 별일 아니길 바랍니다. 하기야 랩틸리언들은 적응력이 뛰어나니까요. 당신이 이 지구 환경에 금세 적응해 변화하는 모습은 정말 경이롭습니다."

맞은편 남자가 밝은 목소리로 말했다. 그는 진정으로 외계인의 능력에 감탄하고 있었다.

"그래, 그렇지."

흰머리 남자가 씁쓸하게 말했다.

그는 바로 그 때문에 자신의 몸에 크나큰 변화가 왔다는 걸 알았고, 그것이 모든 것을 제쳐 둘 만큼 중요한 문제라는 사실을 떠올렸다. 하지만 이 문제를 누구도 알아선 안 됐다. 흰머리 남자는 손에 굴리던 나머지 호두 한 알에 힘을 줬다. 그러자 호두는 비명을 지르듯 빠각, 소리와 함께 두 동강 났다.

# TRACK 14

"호두를 먹으면 어떨까?"

흰머리 남자가 초음파 검사를 마치고 일어서며 말했다. 그는 벗어 놓았던 와이셔츠에 단추를 다시 채우기 시작했다. 지구 나이로 치면 중년에 가까운데도 단추가 간신히 채워질 정도로 우람한 덩치였다.

"호두라고요?"

의료용 침대 옆에서 모니터를 보고 있던 의사가 흰머리 남자의 말을 되뇌었다. 의사는 잠깐 생각하는 듯하더니 쓰고 있던 안경을 중지로 추켜올렸다.

"도움이 될지도 모르지요. 의학적으로 큰 근거는 없지만요."

의사가 아리송한 얼굴로 답하는 사이 흰머리 남자는 옷을 다 입고 출입문을 향해 걸어갔다.

"지난번에도 같은 말한 거 기억하시나요?"

문을 열어 나가려는 그에게 의사가 물었다.

"내가?"

"네. 이번 달에만 벌써 세 번째네요."

의사가 무심하게 차트를 내려다보며 말했다. 그는 돌아서서 의사를 바라보며 말했다.

"당분간 이 일은 비밀로 해 주게."

# TRACK 15

말리와 리희, 그리고 다수의 양아치가 모인 건물의 벽을 부수고 등장한 것은 다름 아닌 흰머리 남자였다. 북극에 서 있는 선인장처럼, 이 아저씨는 원래 있어야 할 장소가 아닌 곳에 등장한 것이었다. 흰머리 남자를 보고 가장 놀란 건 나와 말리였다.

"왓 더! 저 아저씨가 여기 왜 있지? 설마 우리를 잡아가려고 나타난 건 아니겠지? 브로."

말리는 얼떨떨한 얼굴로 소리쳤다.

맞는 말이다. 저 아저씨가 여기 나타난 이유를 모르겠다. 우리는 비밀 유지 서약도 썼고, 약속도 지켰다. 어디 가서 외계인과 어울렸다는 말을 하지 않았다는 얘기다. 무식하게 벽을 뚫고 우리 앞에 나타날 이유가 없었다. 아니면 누군가 비밀을 떠벌렸던가. 나는 옆에 있는 말리를 쳐다봤다.

"왓? 나를 왜 봐? 브로, 설마 나 때문이란 건 아니겠지?"

"왜? 저 아저씨 누군데? 너희 삼촌이니?"

리희가 속삭였다.

모두 〈터미네이터〉처럼 벽을 부수고 등장한 흰머리 남자에게 시선을 꽂고 있었다. 리희의 말을 듣고 머릿속에서 번쩍하고 아이디어가 떠올랐다.

"아, 삼촌. 여긴 어쩐 일이세요? 아까 전화 드렸는데 직접 찾으러 오셨나 보네요. 안 그래도 이제 그만 가려고 했는데."

내가 말했다.

흰머리 남자는 미동도 없이 서서 건물 안에 있는 이들을 찬찬히 살폈다. 양아치 무리도 남자의 강력한 등장에 약간 얼이 빠진 것처럼 보였다.

"요, 파더. 미국에서 방금 왔구나. 롱 타임 노 씨, 맨. 여기 브라더들이랑 얘기 끝났을 때 딱 맞춰 왔네."

말리도 장단을 맞췄다. 그러나 너무 과한 설정이 양아치들의 의심을 산 것 같았다.

"뭐? 삼촌, 파더?"

준용이가 얼굴을 구기며 말했다.

그때까지 가만히 서 있던 흰머리 남자는 몸에 묻은 먼지를 천천히 털어 냈다. 꼭 사모아인 같은 다부진 체격이다. 눈썹과 눈 사이가 너무 붙어 있어 만화 캐릭터를 연상케 하는 건 여전했다. 그러나 여유 넘치던 전과 다르게 어딘가 초췌하고 피곤해 보였다.

"아저씨, 누구세요?"

양아치 무리 중 한 명이 물었다. 그러나 흰머리 남자는 몸에서 먼지를 털어 낼 뿐이었다. 우리는 이 상황이 어떻게 흘러갈지 궁금했다. 옆에 팝콘이라도 있으면 좋으련만.

"도대체 누구야? 저 아저씨 정말 삼촌이야?"

리희가 물었다.

"아니, 무서운 사람이야."

"뭐? 무슨 소리를 하는 건지 모르겠네."

리희는 답답하다는 듯 속삭였다.

"아저씨, 누구냐고요? 누군데 갑자기 여기 나타난 거냐고."

머리 색에서 동질감을 얻었는지 준용이가 나서서 말했다.

먼지를 다 턴 흰머리 남자가 양아치 놈들을 정면으로 쳐다봤다. 남자의 강렬한 눈매에 순간 놈들은 오늘 먹은 아침이 마지막 식사인가, 생각할 정도로 쫄았을 것이다.

나는 흰머리 남자가 나타난 이 상황이 좋은 것인지, 나쁜 것인지 판단하기가 어려웠다. 저 남자가 나타난 것은 어쩌면 지난 사건이 수면 위에 다시 떠올라 우리가 눈물 흘리며 살려 달라고 빈 것이 무효가 됐다는 뜻일지도 몰랐다. 어둡고 깊은 감옥에 갇혀 서로 바퀴벌레를 잡아먹으려 다투는 말리와 내 모습이 그려졌다.

"너희들 그만 가 보지."

흰머리 남자가 말했다.

양아치들은 그 말이 무슨 뜻인지 잘 모를 것이다. 머리가 나쁘니까. 하지만 나는 알고 있다. 저 남자가 꺼지라고 하면 냉큼 꺼져야 한다는 걸. 흰머리 남자는 8기통 자연 흡기 엔진을 단 거대한 캐딜락 엘리베이터인지 뭔지에 치이고도 멀쩡했던 사람이다. 아니, 외계인이다.

역시나 준용이를 비롯한 양아치들은 머리가 나빴다.

"뭐래? 이 아저씨. 갑자기 이런 얇은 벽 하나 부수고 나타나면 우리가 쫄 것 같아?"

준용이가 커터 칼을 쳐들며 말했다.

그 소리에 다른 녀석들도 자전거 체인과 멍키 스패너와 십자드라이버를 움켜쥐었다. 흰머리 남자는 건물 안을 둘러보았다. 아직 콘크리트 타설만 끝난 내부는 성수동의 핫한 카페를 연상케 하는 모던함과 삭막함 사이에 있었다. 나와 말리, 리희가 상큼한 성수동 쪽이라면 양아치들과 흰머리 남자는 공사장 분위기였다.

"내가 오늘 좀 피곤하고 바빠. 그러니까 좋게 마무리 짓고 싶은데. 너희는 학생인가? 그런 학용품 가지고 뭘 하려는 거야?"

흰머리 남자가 말했다.

학용품이라는 말에 양아치들이 씩씩거렸다.

"참 나. 오늘 아주 일진이 더럽네. 아저씨, 우리가 누군지 모르나 본데. 이 지역에서 유명한 조직이라고. 'MZ 타이거'라고 들어 봤어? 오늘 죽고 싶어?"

준용이가 소리치자 다른 녀석들도 한마디씩 거들었다. 흰머리 남자는 얼굴이 땀으로 젖어 정말로 지쳐 보였다. 모든 게 의미 없다는 듯한 표정이, 마치 정년을 앞둔 만년 과장 같았다.

이이제이. 순간 번뜩이는 아이디어가 떠올랐다. 우리 빼고 저 양아치 놈들과 흰머리 남자가 서로 싸운다. 그사이에 우리는 이곳을 도망친다. 멋진 계획이다. 이제 기회를 노리기만 하면 된다. 탈출의 기회!

이런 생각을 떠올리고 있을 때, 양아치들이 흰머리 남자에게 달려들었다. 준용이가 흰머리 남자 앞에 다가가자 순간 번쩍하며 섬광이 일었다. 쿠당탕하는 소리가 들리더니 바닷물이 출렁이듯 공간 전체가 흔들렸다. 정신을 차리고 보니 한쪽에 나뒹굴고 있는 준용이가 보였다. 녀석들은 방금 무슨 일이 일어났는지 파악조차 못 한 눈치였다. 준용이는 객기에 비해 맷집이 약한지 기절해 있었다. 불쌍한 놈들. 한가로운 휴일에 기분 좋게 막걸리나 마시고 있었다면 좋았을걸.

준용이가 나가떨어진 걸 보고 양아치 무리가 술렁이기 시작했다. 그러나 그들은 노르망디 해변의 연합군처럼 다시 흰머리 남자에게 돌격했다. 이어 두 번째 섬광이 번쩍이고 바닥에 양아치 셋이 나뒹굴었다. 쓰러진 녀석들의 입에서 게거품이 흘러나왔다. 이런, 싸움이 벌어지는 동안 도망치려던 계획은 흰머리 남자의 괴력에 물 건너갔다. 가을날 단풍처럼 나가떨어진 준용이와 다른 셋을 본 양아치 무리는 싸움의 의지가 완전히 꺾였다.

"집으로 가."

흰머리 남자가 가뿐한 운동을 한 듯 손목을 돌리며 말하자 양아치 무리는 떡실신한 동료들을 이끌고 쓸쓸히 이곳을 벗어났다.

"뭐야? 저 아저씨…… 조폭이야?"

리희가 속삭였다. 차라리 조폭이라면 다행이다. 저 아저씨는 외계인이라고. 말리와 나는 당연한 결과를 받아들였다. 애초에 저 남자는 양아치 따위에 당할 사람이 아니었다. 그것은 곧 우리에게 어떤 일이 벌어지리라는 뜻이었다. 흰머리 남자는 손에 무언가를 쥐고 있었다. 호두였다. 사람이 참 일관성 있다.

"안녕하세요, 아저씨. 여전히 건강하시네요."

말리가 공손하게 말했다.

리희는 말리의 공손한 말투에 놀란 것 같았지만, 특유의 붙임성을 발휘했다.

"삼촌, 안녕하세요. 저는 준호 친구인 리희라고 해요. 이렇게 도와주셔서 감사합니다. 삼촌 아니었으면 큰일 날 뻔했어요. 어쩜 그리 싸움을 잘하세요!"

리희는 웃으며 흰머리 남자에게 한 발짝 다가갔다.

"리희야, 그 아저씨 우리 삼촌 아니야."

싱글벙글거리는 리희에게 내가 말했다.

"뭐? 그럼 누군데."

"우리 잡으러 온 사람이야."

"오랜만이군. 꼬맹이들."

흰머리 남자가 말했다.

리희는 우리가 또 무슨 엉뚱한 농담을 한다고 생각하는 듯했다. 가방에서 머리만 내밀고 있던 고양이 콩이 녀석은 어느새 사라지고 없었다. 분위기 파악에 선수인 듯했다.

"자세한 이야기는 나중에 하지. 지금 매우 급한 볼일이 있으니까."

흰머리 남자는 손목시계를 들여다보며 말했다. 매우 급한 볼일? 우리를 감옥에 가두는 일을 말하나 보다. 나와 말리는 침을 꿀꺽 삼키며 남자를 주시했고, 리희는 어리둥절한 얼굴이었다.

"그 여자에 대해 이야기해 볼까? 너희가 아리 샘이라고 불렀던 여자."

흰머리 남자가 말했다. 그는 손에 쥔 호두를 두 동강 내곤 알맹이를 입에 넣었다.

아리 샘? 아리 샘에 대해 무슨 이야기를……. 이 남자도 알고 있지 않은가. 아리 샘은 우주선을 타고 지구 밖 자신의 고향으로 돌아갔다는 걸.

"하지만 아저씨도 봤잖아요. 아리 샘은 저 멀리 가 버렸다고요. 그래서 우리를 풀어 준 거 아니었어요? 무슨 이야기가 또 남았어요?"

"그러게. 아저씨 우리 필요 없다고 했잖아요. 유남생? 입만 닫으면 아무 일 없을 거라고 했잖아요."

"무슨 소리야? 아리 샘은 또 뭐고. 너희 소년원 출신이야?"

리희는 여전히 의문에 싸인 채 우리와 흰머리 남자의 관계를 상상했다.

"그 여자가 너희에게 뭔가 이야기를 했을 텐데. 분명 빠진게 있어. 그걸 알아야겠어."

흰머리 남자가 회색 양복 재킷을 벗고 와이셔츠를 팔뚝까지 걷어붙였다. 그 모습이 작업을 준비하는 고문 기술자를 연상케 했다. 여기서 도망치는 것도 무리지만, 저 아저씨는 도대체 무슨 말을 하는 걸까? 우리는 또 어떻게 찾은 거고. 아리 샘은 우주선을 타고 날아가 버렸다. 그것 말고 확실한 게 어디 있단 말이야.

"그때 말한 게 다예요. 정말 우리가 아는 건 없다니까요."

"뎀, 우리가 무슨 잘못을 했다고 이러는 거예요."

"너희는 분명 그 여자와 다시 만나기로 했어. 그렇지 않으면 이야기가 안 되거든. 그러니까 어서 빠진 부분을 말해."

흰머리 남자가 우리에게 한 걸음 다가왔다. 그러나 저 아저씨가 원하는 답이 떠오르진 않았다.

"저 먼 도메인으로 떠난 외계인을 저희가 어떻게 만나요? 아저씨가 생각하기에도 말이 안 되잖아요."

내가 소리쳤다.

"외계인?"

리희가 옆에서 특별한 단어를 들은 듯 속삭였다.

"너희 아까 말한 외계인 얘기가 진짜였어? 정말로 그런 일을 경험한 거야?"

이런, 리희는 우리가 외계인에 대한 이야기를 떠벌렸다고 폭로하고 있었다. 하지만 리희의 말은 귀에 들어오지 않았다. 한 발 한 발 다가오는 흰머리 남자만이 두 눈 가득 들어왔다.

하지만 뇌란 녀석은 참 신기하게도 자신의 위기를 알아채고 안쪽 깊숙이 숨겨져 있던 기억을 내 앞에 꺼내 놨다.


'언젠가 날 보고 싶으면 이 동네에서 제일 높은 곳을 찾아.'

아리 샘이 과외 마지막 날에 했던 말이 떠올랐다. 그때는 무슨 의미인지 몰랐지만, 이 기억이 흰머리 남자가 원하는 대답이길 바랐다.

나는 아리 샘이 한 말을 정직하게 전했다. 그것 말고 목숨을 부지할 방법은 없어 보였다. 그동안 말리는 리희에게 우리가 겪은 일들을 짧게 설명했다.

"그럼, 너희가 외계인을 도와줬고 저 아저씨는 그걸 막으려고 했단 말이야? 그리고 저 아저씨도 외계인이고……?"

말리의 이야기를 들은 리희는 두 눈이 휘둥그레져 있었다.

"예, 베이비 걸. 역시 못 믿겠지?"

"아니, 믿어. 왠지 너희가 평범한 애들은 아닐 것 같았거든."

음, 리희는 아무리 봐도 정상은 아닌 것 같다. 16년 내 인생은 모두 이상한 일, 이상한 사람투성이다. 그래서 조금 특별하고 재미있는 점도 많지만, 지금과 같은 위기도 존재한다. 이상하게 그런 사실이 불안하면서도 자석처럼 나를 끌어당겼다. 에이, 모르겠다. 영화감독이 되려면 이 정도 사회 경험은 있어야 하나 보다.

"그래, 그 여자가 그런 말을 남겼다? 이 동네에서 제일 높은 곳. 그럼, 거기밖에 없겠군."

"거기가 어딘데요?"

내가 물었다.

"신정산 기상 관측소. 거기 함께 가 줘야겠어."

흰머리 남자는 강렬한 눈빛으로 우리를 봤다. 만약 거기 같이 가지 않는다면 시신이라도 데리고 가겠다는 눈빛이었다. 말리와 나는 침을 꿀꺽 삼켰다.

"아저씨, 도대체 왜 그러시는데요? 우리를 끌고 다녀 봤자 무슨 좋은 일이 생긴다고요."

"언제는 우리보고 쥐 죽은 듯이 살라고 했잖아요. 유남생?"

"학교 폭력에, 외계인에, 납치에 오늘 하루 동안 아주 다양한 경험을 하네."

리희도 한마디 거들었다.

"우주선이 필요해. 지금 당장. 너희에게 일일이 설명할 시간이 없어. 약속하는데, 내가 그곳에 도착할 때까지 너희는 안전해."

이건 또 무슨 말이래? 우주선이 무슨 백반인가? 주문하면 바로 오는 거였나? 마을버스처럼 시간 되면 오는 거였냐고! 그러나 흰머리 남자의 급박한 눈빛은 그것이 거짓이 아님을 말해 줬다.

"그럼 아저씨 혼자 가시면 되잖아요. 장소까지 아는데 굳이 우리가 왜 필요해요?"

내가 말했다.

"이봐, 꼬마들. 생각해 봐. 나 혼자 간다고 그 여자가 다시 나타나겠어? 적어도 너희들이 같이 있어야지."

음, 그것도 맞는 말이었다. 아리 샘의 우주선이 그곳에 나타난다는 가정하에서는. 여기서 반대한다면 저 아저씨가 씹고 있는 호두처럼 우리 머리가 둘로 갈라질지도 모를 일이다. 어쩔 수 없다. 흰머리 남자의 말에 따를 수밖에. 나는 순순히 그의 포로가 되기로 했다.

"홀드 온! 그럴 수는 없어요!"

말리가 소리쳤다.

나는 말리가 미쳤는지 알아보기 위해 쳐다봤다. 흰머리 남자 역시 말리를 쳐다봤다. 리희도 마찬가지였다. 말리는 단호한 표정으로 우리 모두를 번갈아 봤다.

우리는 영문도 모른 채 서로 쳐다보고 서 있었다.

# TRACK 16

이것을 말할까 말까 망설인 적이 있다. 이것은 한 고교생, 그러니까 힙합을 사랑하는 어느 래퍼 지망생의 비밀이다. 그의 이름은 MC 말리. 본명은 이승철이다. 말리는 한글을 늦게 뗐지만 영어로 말하길 즐겼다. 아는 단어가 많지 않아 영화나 뮤비에서 들은 몇 가지 슬랭을 섞어 쓰는 식이었고, 그마저도 분위기에 맞지 않는 말이 대부분이었지만 나는 말리를 좋아한다. 만약 우리가 마흔까지 결혼을 하지 못한다면 같은 요양 병원에 들어가기로 했다.

말리는 중3 때 힙합과 사랑에 빠져 이름을 'MC 말리'로 개명했다. 동사무소에서 바꾼 건 아니지만 친구들은 승철이를 말리라고 불렀다. 그건 위대한 레게 뮤지션 '밥 말리'에서 이름을 따온 것 같다. 랩 하겠다는 놈이 왜 레게 뮤지션 이름을 갖다 쓰는 건지 모르겠지만, 하여간 말리는 자신의 스웩을 뽐내고 다녔다. 할아버지를 사랑한 나와 비슷하게 말리는 자기 친할머니를 사랑했다. 맞벌이 부모 밑에서 자란 아이에게는 흔한 일이다.

말리는 가사 노트가 여러 개 있다고 했지만 나는 말리의 랩을 들어 본 적이 없다. 내가 가상의 시나리오 여러 개를 놓고 저울질하는 것과 비슷해 보여 캐묻지 않았다.

혹시라도 말리가 잘돼서 빌보드 차트에 입성한다면 선상에서 금색 마이크를 들고 비키니 입은 미녀들과 함께 도다리나 광어 같은 걸 썰어 회 파티를 열 계획도 세웠다.

조금 허황되지만 그래도 난 말리가 래퍼가 될 거라 생각했다. 그러던 어느 날, 나는 보고야 말았다. 그 모습은 이제껏 내가 말리에 대해 알고 있던 모든 상식을 깨는 것이었고, 한 편의 포스트모던 아트를 감상하는 듯했다. 미시 세계의 어떤 불가사의가 거시 세계로 강림한 듯한 모습이었다. 충격적이었지만, 한참을 고민한 끝에 나는 그 모습을 기억에서 깨끗이 지우기로 했다.

골든벨 노래방 13번 방에서 홀로 노래하던 말리의 충격적인 모습을…….

# TRACK 17

말리는 조용히 손을 들어 핸드폰을 내밀었다. 핸드폰에는 일정이 표시되어 있었는데, 오늘 날짜에 큼지막한 글씨가 보였다.

'〈전국노래자랑〉 본선. 오후 2시.'

꽤 굵은 궁서체였다. 궁서체는 진심이 담긴 글꼴이다. 글을 쓴 사람의 굳은 의지가 녹아 있다.

"아저씨, 미안하지만 난 지금 여기 가야 해요. 유남생?"

드디어 말리가 미쳤다. 완전히 돌아 버린 것이다. 〈전국노래자랑〉이 목숨과 바꿀 만한 이벤트냐고 묻는다면 말리는 오케이 사인을 보낼 것이다. 말리가 이 기회를 굉장히 중요하게 생각하는 것은 알고 있었지만, 이 정도일 줄은 몰랐다.

"농담할 시간 없어. 그러지 말고 그거 포기해."

흰머리 남자가 좋게 타일렀지만 말리는 고개를 저었다. 대단지 아파트가 들어설 부지에 알박기를 한 집주인과도 같은 단호한 표정이었다.

"말리야, 너 왜 그러냐? 정신 차려."

"이거 지금 어떻게 돼 가는 거야?"

리희는 눈을 요리조리 굴리고 있었다. 그럴 때마다 질끈 묶은 머리가 살랑살랑 흔들렸다. 가방 안에서 콩이의 손이 나오더니 머리카락을 잡아채려는지 획획 움직였다.

"뎀, 이거 내가 정말 고대하던 거야. 유남생? 단박에 대스타가 될 수 있는 기회라고. 스타 이즈 본! 우리 할머니가 이 순간을 얼마나 기다리셨는데. 아저씨를 따라가는 건 〈노래자랑〉 본선을 치르고 나서 할 거예요."

미쳤다고밖에 생각할 수 없었지만, 말리의 단호한 태도를 무시할 수는 없었다. 흰머리 남자의 말에 무조건 따라야 한다는 머릿속 질서가 깨졌다.

흰머리 남자는 건물 안에 쌓인 붉은 벽돌을 하나 집어 들었다. 무게가 어느 정도 되는지 가늠하듯 살짝 던졌다 받기도 했다. 저걸로 우리 머리를 내리치면 어쩌나 싶었지만, 남자는 벽돌을 쥔 손에 힘을 줬을 뿐이었다. 그러자 붉은 벽돌은 순두부처럼 그대로 남자의 손안에서 으스러졌다.

"너희랑 장난칠 시간 없어. 내가 지금 쫓기고 있거든."

흰머리 남자가 최후통첩을 날렸다. 으스러진 벽돌을 보고 우리 모두 움찔했지만 말리는 고집을 꺾지 않았다.

"좋아요. 아저씨를 따라 관측소로 갈게요."

내가 반걸음 나서며 말했다.

"대신 〈노래자랑〉 본선이 끝난 후에 따라가겠어요."

"브로, 마이 맨! 역시 브로밖에 없어."

말리가 함박웃음을 지으며 말했다.

"맞아요. 저도 〈노래자랑〉 후에 아저씨를 따라갈게요."

리희가 말했다.

"넌 왜? 이 일과 관련도 없으면서……. 따라오긴 뭘 따라와."

리희의 말에 내가 기가 막혀 소리쳤다.

"이건 중요한 문제야. 우리는 같은 동아리 멤버잖아. 그리고 너희가 무사히 살아 돌아오는 걸 내 눈으로 봐야겠어."

리희가 단호하게 말했다.

얘는 지금 분위기에 완전히 경도되어 있는 듯했다. 지구의 운명이라도 짊어진 줄 아나 보다. 내가 리희에게 뭐라 한마디 하려는데 흰머리 남자가 말을 끊었다.

"그만. 알겠어, 〈노래자랑〉에 가지. 하지만 한 가지 확실히 해 둘 게 있어. 내가 너희의 편의를 봐줬으니 너희도 마찬가지로 나를 도와줘야 해."

흰머리 남자는 그답지 않게 우리에게 도움을 요청했다. 잠깐, 이 아저씨 쫓기는 중이라고 하지 않았나? 과연 누구에게 쫓긴다는 걸까? 왠지 고생길이 아이맥스 급으로 펼쳐질 것 같다. 언제나 그렇듯 내 예상 범위 바깥의 일은 상상하기 쉽지 않다. 덮친 현실을 그냥 온몸으로 느끼는 수밖에.

우리는 일단 그렇게 하기로 결정하고 퀴퀴한 공사 현장을 벗어났다. 흰머리 남자는 자신이 뚫고 들어온 벽 바깥으로 몸을 내밀어 주위를 살핀 다음 조심스레 우리를 인솔했다.

우리는 아무도 없는 거리를 살금살금 움직였다. 공사장을 벗어나자마자 재빨리 도로가 난 쪽으로 향했다. 그때, 흰머리 남자가 우리에게 쉿, 하는 신호를 보내며 도로 가장자리에 멈춰 섰다. 우리는 가드레일에 몸을 숨긴 채 흰머리 남자가 가리키는 방향을 봤다. 산책로가 시작되는 천변 진입로에는 검은색 대형 캐딜락이 주차되어 있었다.

"아, 한동안 안 보였는데⋯⋯."

그랬다. 눈에 띄지 않아 일상의 자유를 되찾았다 생각했지만, 다시 그 검은색 대형차와 마주하게 됐다. 그것은 과거와 현재를 잇는 저주 인형처럼 떡하니 서 있었다. 흰머리 남자와 우리는 몸을 숙인 채 살금살금 캐딜락으로 다가갔다.

"너희는 여기서 기다려."

기다리지 말고 도망치면 어떨까 생각해 봤지만, 아마 금방 잡히고 말 것이다. 흰머리 남자는 우리를 도로 가장자리에 새끼 새처럼 숨겨 놓은 채 혼자 재빠르게 캐딜락 뒤편으로 가더니 이내 모습을 감췄다. 잠시 후, 운전석 문이 열리고 거기 타고 있던 빡빡이 남자 하나가 버둥대며 끌려 나왔다. 스파이 영화에서나 보던 장면 같았다. 흰머리 남자는 제이슨 본에 빙의한 듯 캐딜락에 타고 있던 남자를 쓰러뜨리고 우리에게 건너오라는 손짓을 했다.

"뎀, 브로. 저 아저씨 쫓긴다는 건 무슨 소리일까? 완전 수상하지 않아?"

말리가 길을 건너며 말했다.

"그러게. 저 아저씨도 정부 소속 외계인이라며? 그런데 왜 저러고 다닐까?"

리희가 말했다.

"네가 왜 대답하는데. 넌 이 상황이 재밌냐?"

내가 웃고 있는 리희에게 말했다.

"응. 좀 두근두근하는데? 아 참, 아까 아리 샘이라는 사람……. 그건 누구야?"

리희가 물었다.

그 질문에는 뭐라 답하고 싶지 않았다.

"베이비 걸, 아리 샘은 준호한테 아픈 손가락 같은 거야. 댓츠 라잇?"

"왜? 준호가 아리 샘을 좋아했어?"

나는 약간 화를 내며 리희에게 돌아가라고 했다. 그런다고 리희가 내 말을 들을 것 같진 않았다.

마음 한편에서는 아리 샘을 다시 만날 수 있을지도 모른다는 기대가 살짝 피어올랐다. 진짜로 이 동네 가장 높은 곳에 가면 아리 샘을 만날 수 있는 걸까? 그걸 이제까지 모르고 있었단 말이야? 우리가 길을 건너 캐딜락에 다가가자 흰머리 남자는 이미 운전석에 앉아 출발할 준비를 하고 있었다.

"얼른 타."

우리가 차 문을 열고 올라타자 흰머리 남자는 자동차를 출발시켰다. 차가 움직이자 기절한 빡빡이 요원만 만취한 사람처럼 도로 위에 덩그러니 남겨졌다. 말리는 다시 탑승한 캐딜락의 내부를 보며 감탄했다.

"와우, 브로, 럭셔리 SUV는 달라도 뭔가 다르네. 유남생? 이 넓은 뒷자리, 에어 벤트, 12.6인치 디스플레이, 리클라이닝 시트까지! 뎀."

말리가 신나서 얘기했다. 이놈이 무슨 소풍이라도 가는 줄 아나.

흰머리 남자는 말리에게서 〈노래자랑〉 본선이 열리는 곳의 주소를 받았다. 차는 이내 천변을 벗어나 시내의 널찍한 도로로 달렸다. 흰머리 남자는 주머니에서 호두를 하나 꺼내 껍데기를 까서 입에 넣었다. 예전처럼 세심하게 알맹이를 고르지 않고 그냥 입에 털어 넣는 모습이 흰머리 남자의 현재 사정을 보여 주는 듯했다.

"그런데 지금 무슨 상황인 거예요?"

침묵이 맴도는 차 안에서 내가 물었다. 지금 이 상황이 정말로 궁금하기도 했지만 앞으로 어떻게 될지 알아야 했다. 흰머리 남자는 룸미러로 7인승 대형 SUV 뒷좌석에 옹기종기 앉아 있는 우리를 쳐다봤다.

"자세히 알 필요 없어. 그저 내 신변에 문제가 생겼어. 그래서 더 이상 지구에 있을 수 없게 됐지."

"그래서 우주선이 필요한 거예요?"

내가 물었다.

"아저씨는 국가 기관 사람, 아니 외계인이잖아요. 우리 막 협박하고. 유남생?"

말리가 말했다.

"그럼 고향으로 돌아갈 생각이세요? 아까 본 대머리 아저씨가 아저씨를 쫓던 사람들이에요?"

리희도 물었다.

우리는 배고픈 아기 새처럼 입을 벌리고 쉴 새 없이 질문을 던졌다. 흰머리 남자는 한동안 운동에 집중하며 듣고만 있다가 버럭 소리 질렀다.

"그만, 조용히 해. 좋아. 대답해 주지. 아까 말했듯이 나는 쫓기고 있어. 얼마 전까지는 협력했던 정부 쪽 인간들이 이제는 나를 잡으려고 해. 내 이용 가치가 떨어졌다고 결론 내린 거지. 그리고 지금 내 몸 상태도 좋지 않아. 이 몸 상태 역시 그들이 나를 내치려는 이유 중 하나겠지. 그래서 이렇게 도망 다니는 중이야. 됐나?"

흰머리 남자의 눈이 반짝였다.

몸 상태가 안 좋다고? 아까 벽을 부수고 나타난 사람이? 다부진 어깨와 굵은 몸통과 두꺼운 팔뚝이 무색해지는 말이었다.

"요, 아저씨. 몸 상태가 어떤데요? 겉보기엔 강철도 씹어 먹을 것 같은데. 유남생?"

말리가 물었다. 흰머리 남자는 빨간불인데도 신호를 무시하고 액셀을 밟았다. 감시 카메라도 달려 있었는데…….

"몸이 좋지 않아."

흰머리 남자가 말했다. 그건 방금 전에도 들은 이야기였다. 우리는 귀를 쫑긋 세우고 다음 말이 이어지길 기다렸다.

"랩틸리언은 은하계 전체에 퍼져 있어. 우리는 도메인 연합처럼 어느 별을 자기 것이라 여기며 관리하느니 하는 짓은 안 해. 대신 생명이 있는 별에 침투해 그들에게 동화되어 우리가 원하는 목적을 이루어 나가지. 뭔 말인지 알겠어?"

흰머리 남자의 말에 리희는 눈을 반짝였다. 그래, 좋다. 랩틸리언들이 그렇다는 건 알겠는데, 그게 지금 우리 상황과 무슨 상관이 있다는 건가?

"문제는 랩틸리언의 지나치게 높은 적응력이야. 아까 말했듯이 우리는 우주를 떠돌며 별에 숨어들지. 그 별에서 살아남기 위해서는 기후나 계절, 공기 등의 환경을 받아들여야 했어. 하지만 우리는 단순한 환경을 넘어 그 별에 사는 생물의 유전적 특성까지 받아들였지. 그건 다른 외계인들에게는 없는 능력이야. 무슨 말인지 알겠나?

원래 랩틸리언의 뇌는 가슴 중앙에 자리 잡고 있어. 그런데 지구에 온 후로 우리는 인간의 신체 구조와 DNA, 세포 배열을 고스란히 받아들였지. 살아남기 위해 장기를 옮기고 유전형질을 변형시킨 거야. 아무래도 오랜 시간 이 별 환경에 맞춰 발달한 인간을 모방했다고 해야겠지. 문제는 그게 모방에 그치지 않고 인간 신체의 작동 방식과 고유한 질병까지도 받아들였다는 거지.

지금 내 몸에는 여러 가지 안 좋은 변화가 일어나고 있어. 동맥 경화증과 고혈압이 생겼고, 약간의 당뇨에 심폐 기능 손상, 간 기능 장애 등이 일어나고 있어. 하지만 이런 건 다 무시할 수 있지. 가장 중요한 문제는 내 머리에서 일어나고 있어."

흰머리 남자가 종합 병원 의사처럼 줄줄이 병명을 읊었다.

그런데 머리라고?

"내게 알츠하이머가 생겼어."

흰머리 남자가 핸들을 과격하게 꺾으며 말했다. 차는 이제 〈전국노래자랑〉 본선이 열리는 구민회관 입구로 향하고 있었다.

알츠하이머라……. 나는 할아버지를 떠올렸다.

'나이가 들어 치매에 걸리지 않으려면 부지런히 머리를 굴려야 한단다. 영화도 보고, 귀부인들과 담소도 나누고, 인생을 활기차고 즐겁게 보내야 해. 우울증도 치매의 큰 요인이니까. 준호야, 그럼 할애비는 콜라텍 다녀오마.'

그렇다. 치매는 할아버지가 가장 무서워하던 것 중 하나였고, 알츠하이머도 치매의 일종이었다. 정신의 소멸은 우주의 소멸이라.

"알 파치노는요? 알 파치노한테 연락하면 되잖아요?"

내가 소리쳤다. 그러나 흰머리 남자는 무슨 소리인지 모르겠다는 얼굴로 날 봤다. 분명히 아리 샘은 알 파치노도 랩틸리언이라고 했는데…….

"애석하게도 내 기억은 점점 사라지고 있어. 지구에 다른 랩틸리언이 있다는 건 알지만 이미 내 뇌는 그들을 기억하지 못해. 지금 다른 외계인과 접촉할 가능성이 있는 건 너희가 최선이야. 조만간 너희 얼굴도 잊어버릴지 몰라. 그 전에 나는 고향으로 돌아가야 해. 알겠나?"

그렇다. 이것이 이 흰머리 남자가 초췌하고 피곤한 얼굴로 우릴 찾아 나선 이유였다. 그는 우리 주변에 분명 외계인이 존재한다고, 근처에서 인간과 다른 파동이 느껴졌다고 말했다. 나는 옆에 앉은 리희를 보며 얘가 진짜 외계인은 아니겠지? 생각했지만, 역시 코주부 안경을 쓴 것 같은 얼굴이 의심을 사라지게 만들었다.

운전하는 내내 흰머리 남자는 수시로 백미러를 확인했다. 누군가의 추적을 의식하는 듯했다. 그래, 이제 이 아저씨가 처한 상황은 잘 알겠다. 그런데 아리 샘을 만난 다음엔 어쩔 셈인가? 우주선에 안 태워 준다든가 하는 일은 전혀 염두에 없어 보였다.

중요한 건 외계인이든 지구인이든 자신이 원하는 바를 이루기 위해 노력하고 있다는 것이다. 실패할 확률이 아무리 높다 하더라도. 그 사실을 떠올리자 내 안에 끓어오르는 어떤 불길이 느껴졌다. 나는 지구인보다 외계인에게서 동기를 부여받는 타입인 것 같다. 외계인 선생님이 딱 어울리나 보다. 이런 생각을 하고 있을 때, 캐딜락은 구민회관 주차장에 들어섰다.

"자, 도착이다."

흰머리 남자가 시동을 끄며 말했다.

# TRACK 18

방사형 창문으로 햇살이 비치고 있었다. 대리석으로 된 기다란 복도 위로 두 사람이 걷고 있었다. 복도 양옆에 놓인 스파티 필름이나 대나무 야자 같은 관엽식물들이 딱딱한 건물 내부에 생기를 불어넣었다. 그렇다고는 해도 공공건물의 삭막함을 다 걷어 내기는 무리였다. 40대 후반으로 보이는 키가 큰 남자는 남색 양복을 입고 있었고, 그 옆에서 걷는 남자는 흰 가운을 걸치고 있었다.

남색 양복을 입은 남자는 좁다란 얼굴에 눈매가 날카로웠고, 머리를 가지런히 넘겨 이마를 드러낸 모습이었다. 기계적인 걸음걸이에서 날렵함이 엿보였다. 반면 가운을 입은 남자는 이마가 조금 벗어졌고 두꺼운 안경을 낀 모습이었다. 그는 소매를 걷어붙이고 팔에 파일을 낀 채 양복 입은 남자를 따라 구부정한 자세로 걷고 있었다.

"일전에 한 이야기 말입니다."

남색 양복을 입은 남자가 말했다. 상의 깃에 달린 배지가 햇살을 받아 반짝였다. 가운을 입은 남자는 안경을 매만졌다. 그는 양복 입은 남자보다 훨씬 나이 들어 보였다.

"가능한 이야기입니까?"

"저는 그렇다고 봅니다. 과학적 근거라는 게 필요하긴 합니다만…… 그건 이미 임상으로 증명되었으니까요. 남은 건 복잡한 절차죠. 정부에 이득이 가는 방향으로 조정했으면 합니다."

가운을 입은 남자가 입맛을 다시며 말했다.

"이건 중대한 문제입니다. 외교적 문제가 생길지 몰라요. 가능성만으로 덤빌 일이 아니라 정확해야 하는 겁니다."

"그럼요, 알죠. 만일을 대비해 오랜 시간 그자를 관찰했습니다. 그의 유전 형질, 내부 장기, 믿을 수 없는 체력과 회복력. 모든 게 탐나는 것입니다. 혹시 그가 최근에 의사를 자주 만났다는 것도 아시나요?"

양복을 입은 남자는 손가락에 낀 금반지를 이리저리 돌렸다.

"이야기는 들었습니다. 하지만 그는 외계인을 생포하는 데 도움을 주고 있습니다."

"그건 모르는 일이죠. 그가 그런 약속을 하기는 했지만, 작전은 실패했습니다. 위에서도 그 일에 대해 매우 실망했고요. 도시 전체를 자기장으로 덮었는데 결국은 실패했으니 말이죠. 더욱이 몸 상태도 심상치 않은 것 같고. 언제까지고 그자의 말을 들어줄 수는 없는 일이잖습니까. 저는 그자의 의도가 의심스럽습니다. 차라리 그보다는……."

가운을 입은 남자가 음흉한 웃음을 지었다.

"그보다는?"

남색 양복을 입은 남자가 걸음을 멈추고 그를 쳐다봤다.

"그것과 별개로, 예전에 그 남자에게서 채취한 조직 세포를 분석해 봤습니다. 결과는 대단했습니다.

그 남자의 몸에서 초고속 재생 단백질과 기존 도파민보다 훨씬 강력한 네오 도파민, 극한 상황을 견디는 안티 아드레날린 등 수십 가지의 새로운 활성 물질이 발견됐습니다. 그런 상태로 지낸다는 것도 놀라운 일입니다. 인간의 신체로는 버텨낼 수 없거든요. 그래서 제가 뭘 했는지 아십니까? 그자의 조직 세포 검사에서 얻은 결과를 토대로 앰플을 만들었습니다. 효과가 어떤지 아십니까? 극히 적은 양으로도 일반인을 엘리트 운동선수로 만들 수 있을 정도였습니다."

가운을 입은 남자는 흥분해서 두 눈이 벌게졌다. 그는 자신이 이룬 놀라운 발명에 매우 흡족해하고 있었으며 한 걸음 더 나아가고 싶었다. 이제껏 인간의 나약한 신체에 갇혀 할 수 없었던 많은 일을 실현시키고 싶다는 욕망이 들끓었다.

"정말 그게 가능하단 말이지요?"

양복 입은 사내가 물었다.

"그 남자는 어차피 살아남지 못합니다. 이유는 모르겠지만, 장기들이 변화하고 있어요. 뇌도 쪼그라들고 있고요. 그대로 둔다면 그는 죽겠지요. 뭐 하러 외계인을 다른 곳에서 찾습니까? 이미 우리에게 있는데. 차라리 그자가 죽기 전에 우리가 먼저 손을 쓰는 게 나을 겁니다. 그게 조직 발전에 얼마나 큰 도움이……."

가운을 입은 남자가 흰머리 남자의 의료 기록을 들춰 보며 말했다. 흰머리 남자의 몸에는 인간이 앓는 질환들이 차례차례 발병하고 있었다.

남색 양복을 입은 남자는 반지를 돌리며 잠시 생각에 잠겼다. 5년 전부터 이어져 온 정부와 외계인의 은밀한 내통과, 손 안에서 쉼 없이 호두를 굴리던 흰머리 사내를 떠올렸다.

이미 상부에서 이런 사태도 준비해 뒀다고 봐야 했다. 다만 제3국, 특히 미 항공 우주국에서 이 계획을 눈치채지 않게 움직여야 했다.

"'교활한 토끼가 죽으면 토끼를 물고 온 사냥개는 삶는다.' 알겠소. 그럼 진행하도록 하지요. 그 남자를 해부하도록 해요."

남색 양복을 입은 남자는 짧게 말하곤 뒤돌아섰다. 그의 얼굴 위로 거미줄 같은 그늘이 내리고 있었다.

# TRACK 19

구민회관은 오일장이라도 열린 것처럼 사람들로 북적였다. 주차장에서 회관까지 남녀노소 할 것 없이 줄지어 서 있었고, 언제 소식을 들었는지 벌써 노점상들이 자리 잡고 있었다. 버블건과 풍선을 파는 장사꾼들, 떡볶이와 붕어빵과 솜사탕을 파는 노점들로 가득했다.

"와, 이 동네 사람들 다 여기 모인 거 같네."

차에서 내린 우리 넷은 구민회관을 향해 걸어가며 주변을 둘러봤다. 우리가 처한 묘한 상황에서도 이런 분위기에 들뜨지 않을 수 없었다. 왜냐면 우리는 기성세대가 보기에 어리숙하며 결함투성이였지만, 인생에서 좌절보다 희망을 꿈꿀 10대였기 때문이다. 흰머리 남자는 여전히 경계를 풀지 않고 사방을 살폈다.

"진짜 사람 많다. 이런 데서 노래 부르는 거야? 대단한데!"

리희는 이미 절친이라도 된 듯 말리에게 엄지를 치켜세웠다.

"예스, 예스. 〈전국노래자랑〉 경쟁률이 어마어마하지. 내가 그런 곳의 예선을 통과했다고. 유남생?"

"잊지 마. 여기서 볼일이 끝나면 바로 나와 함께 가야 한다."

흰머리 남자가 말했다.

"올 라잇. 아저씨, 너무 긴장하지 말고 지구에서 벌어지는 축제를 즐기라고요. 여기서 대상 타고 나면 아저씨를 도울 테니까."

말리는 싱글벙글 들떠서 말했지만 흰머리 남자는 콧방귀를 한번 뀌고 말았다. 그래도 생각해 보면 참 대단했다. 말리가 이런 전국적인 무대에서 데뷔하다니. 그동안 갈고닦은 랩 실력을 뽐낼 거라고 생각하니 질투와 부러움이 일었다. 내가 그런 생각을 말하자 말리는 평소답지 않게 겸연쩍은 웃음을 지었다.

나는 아리 샘이 돌아온 줄 알고 기뻐했다가 사실이 아닌 걸 알자마자 풀이 죽어서 꿈도 시들해졌는데……. 말리는 꿈을 향해 달려가고 있었다. 그래, 좋다. 말리를 보며 나는 알 수 없는 전의를 불태웠다. 적어도 내게는 소니 캠코더(그것도 무려 전문가용)와 붐 마이크와 배우가 있지 않은가. 음? 배우라……. 나는 내 옆에서 걷고 있는 리희를 바라봤다. 그 애도 내 시선을 느꼈는지 고개를 돌렸다.

"왜?"

"음, 너 혼혈이야?"

진짜 궁금해서 물어본 것이다. 눈도 크고 코도 큰 것이 조선의 얼이 전혀 담겨 있지 않다.

"또 이런다. 음, 사실 그런 얘기 많이 듣는 편이야. 우크라이나나 러시아에 사는 미인들과 비슷하다는 얘기도 듣지."

리희가 신이 나서 흥흥 소리를 내며 말했다.

"거기는 피부가 하얗던데."

내가 말했다.

"나도 원래 피부 하얗거든. 운동하느라 땡볕에서 고생해서 그래!"

그러든지 말든지. 나는 인상을 구기며 걸음을 재촉했다. 구민회관에 들어서자 오른쪽 벽에 '출연자 대기실'이라고 적힌 종이가 붙어 있었다.

"예, 브로. 연예인은 이쪽이구먼. 그럼 이따가 보자구."

말리는 대기실 입구에서 말리의 헤어스타일에 놀란 AD를 만나 이런저런 대화를 나눴다. 명단을 확인하고 노래 순서를 이야기하는 모양이었다.

"우린 어쩌죠?"

"저 애가 다 부를 때까지 객석에 있어야지. 노래가 끝나면 바로 출발하자고. 알겠지?"

흰머리 남자는 북적이는 사람들 사이를 뚫고 가며 우리를 인도했다. 몸 상태 때문에 걱정이 되는 모양이었다. 처음 봤을 때 호두 타령을 하던 걸 보면 그는 그때부터 자신의 뇌에 자리 잡은 알츠하이머라는 병마에 불안함을 느끼고 있었던 것 같다. 앞쪽 객석은 이미 꽉 차서 우리 셋은 오른편 뒤쪽 객석으로 갔다.

무대 위에서는 이미 첫 번째 참가자가 노래를 부르고 있었다. 머리를 길게 기른 40대 초반의 남자가 통기타를 치며 김광석의 〈두 바퀴로 가는 자동차〉를 열창했다.

리희는 음악에 흥이 나는지 몸을 들썩이며 가방에서 콩이를 꺼내 품에 안았다.

"에구, 우리 콩이. 많이 답답했지. 너도 바람 좀 쐐. 어때, 콩이 귀엽지?"

"조금. 그런데 길고양이라 벼룩 같은 거 있으면 어쩌려고."

내가 말했다.

"나 걱정해 주는 거야?"

리희는 뿔테 안경 너머에서 큰 눈을 껌뻑이며 말했다. 이런, 무슨 말을 못 하겠네.

"내가 걱정해 주는 거 같냐? 나한테도 옮을까 봐 그러지."

"우리 콩이는 그런 거 없거든. 얼마나 깔끔한 앤데."

흑단처럼 윤기가 좌르륵 흐르는 검은 털을 보니 콩이는 길고양이 주제에 잘 먹고 잘 살아왔나 보다. 녀석은 묘한 눈길로 나를 뚫어져라 쳐다봤다. 요물이다. 생긴 건 귀여운데 사람을 찬찬히 뜯어 보니 그 시선이 그리 달갑지는 않았다.

김광석 노래를 부르던 아저씨가 내려가고, 이번에는 선글라스를 쓰고 머리에 두건을 두른 아주머니가 올라왔다.

"안녕하세요. 저기 평화 시장에서 젓갈 파는 김현덕이라예."

"네, 벌써 심상치 않은 분위기를 풍기시는데 어머님이 오늘 들려주실 노래는 무엇인가요?"

사회자가 아줌마에게 물었다.

"제가 오늘 들려드릴 노래는 모튼 하켓의 〈Can't Take My Eyes Off You〉입니다예."

아주머니의 말에 깜짝 놀란 사회자는 관객들의 박수를 유도했다. 아주머니는 젊었을 적 밴드 보컬로 활동한 적이 있다고 했다.

연주가 시작되자 평화 시장에서 갈치속젓이나 꼴뚜기젓을 팔던 김현덕 아주머니는 그동안 숨겨 왔던 끼를 폭발시켰다. 노래가 고조되며 '아이 러브 유 베이비'로 시작되는 부분에서는 헤드 뱅잉을 하며 에어 기타를 연주했고, 중간중간 "뮤직 이즈 네버 다이!" 같은 소리를 질러 관중들을 흥분시켰다.

"참 멋있어 보인다, 저 아줌마. 그치? 나이랑 관계없이 에너지 넘치는 사람처럼 보이지 않아?"

리희가 말했다.

"그래, 대단하네. 저 끼를 숨기고 어떻게 젓갈을 팔고 계셨을까."

나는 아까부터 말이 없는 흰머리 남자를 힐끔거렸다. 그가 지구에서 벌어지는 이 풍물 잔치를 어떻게 볼 것인지 궁금했지만, 남자는 다른 생각에 잠긴 듯했다.

"저분에게는 지금 이 순간이 인생의 하이라이트일 수도 있겠지? 영화의 한 장면처럼."

"……."

"너도 그런 적이 있는지 모르겠지만 삶은 영화랑 많이 다르잖아. 삶의 주인공이 분명 나라고 느꼈는데 어느 순간 그게 아니라 내가 조연이라는 걸 알아 버릴 때, 빛나는 누군가를 위해 조용히 물러나야 할 때가 있잖아. 그럴 땐 조금 서글프기도 해. 그래서 저 아주머니의 신나는 노래가 슬프게 들리는 걸까?"

"왜 슬퍼? 저렇게 신나는데."

내가 말했다.

"나 운동부였잖아. 200미터 단거리 선수였거든. 200미터는 진짜 짧아. 그런데 그 거리를 뛰려고 하루 종일 연습해. 겨우 1, 2초 차이로 승부가 정해지고. 그래서 경기가 끝나면 허무한 기분이 들기도 해. 똑같은 시간을 들여서 죽도록 노력해도 누구는 더 빠르고, 누구는 더 느려. 그렇게 누구는 주연이 되고, 누구는 조연이 되지.

그래도 좋았어. 그 짧은 시간을 이기기 위해 앞만 보고 달리는 거야. 그럼 승패와 상관없이 그 시간이 온전히 내 것이 되었으니까.

믿을지 모르겠지만 나 꽤 유망한 선수였어. 우승도 여러 번 했고. 사고를 당하고 나서 나는 다시 주연이 될 수 없겠구나, 이제 누군가의 조연으로만 살아야 하는구나, 막연히 생각했어. 그런데 너희를 만난 거야. 영화에서라면 내가 조연이 아니라 나다운 주연이 될 수도 있잖아. 그런 욕심을 낼 수 있을지도 모르잖아."

리희는 무대를 바라보며 웃고 있었다. 실내가 조금 어두워서 그런지 그 애의 코가 전보다 작아 보였다. 그래, 리희도 마냥 이상한 애는 아닌가 보다. 그래도 주연 배우는 아직 아니다. 감독이 감성팔이에 넘어가선 안 되지.

나는 리희가 느꼈을 좌절에 대해 생각해 봤다. 주연도 조연도 모두 순간이다. 모튼 하켓의 노래를 부르는 아주머니도 무대에서 내려오면 갈치속젓을 팔아야 하고, 레드 카펫에 섰던 배우도 집에 가면 미역국을 끓여야 한다. 우리는 인생이라는 길고 긴 영화에서 순간순간 주연과 조연을 오가며 살고 있는지 모른다.

김현덕 여사의 노래가 끝나자 우레와 같은 박수가 터져 나왔다. 사회자가 다음 참가자를 소개했다.

"예, 멋진 무대 잘 봤습니다. 이 열기를 이어 나갈 다음 참가자를 만나 볼까요?"

조명이 무대 한편을 비추자 거기서 아프로 펌을 한 말리가 건들거리며 걸어 나왔다. 사람들은 또 한 명의 괴짜가 등장하자 환호성을 보냈다.

"와우, 정말 멋진 차림의 참가자네요. 〈쇼미더머니〉에 나가야 할 것 같은 분위기인데요. 자, 자기소개를 부탁드립니다."

"예, 예. 저는 명원고등학교 2학년에 재학 중이고요. 제 이름은 MC 말리입니다. 피스!"

말리는 자기소개를 마치고 사회자와 몇 마디 주거니 받거니 했다. 사회자는 말리가 마음에 쏙 든 모양이었다.

"와, 이거 선곡이 놀랍습니다. 정말 등장부터 외모, 선곡까지 모든 게 특이한 MC 말리 친구가 여러분의 마음을 사로잡을 수 있을지 한번 들어 보겠습니다."

이어 사회자는 말리가 부를 노래 이름을 큰 소리로 외쳤다.

"참가자 13번, MC 말리의 선곡은 〈땡벌〉입니다."

그와 동시에 사람들이 함성을 질렀고, 밴드가 쿵작쿵작 연주를 시작했다. 리희가 고개를 돌려 나를 봤다. 놀라서 입이 떡 벌어진 채였다.

"쟤…… 쟤, 래퍼 아니야?"

놀랍기는 나도 마찬가지였다. 요, 유남생, 브로 등등 영어를 밥 먹듯이 쓰더니 결국 여기서 부르는 노래는 트로트다. 어찌 충격적인 일이 아닐 수 있겠는가. 소문난 이탈리아 음식점의 주메뉴가 모차렐라 된장찌개였던 것이다.

"하지만 트로트라니. 와, 정말 대단하다."

리희가 입을 다물지 못하고 무대 위의 말리를 쳐다봤다. 그걸 아는지 모르는지 말리는 래퍼의 스웩으로 몸을 흔들고 꼬면서 트로트를 불러 젖히고 있었다. 중간중간 "에브리바디 세이 호우!" 같은 추임새도 잊지 않았다.

나는 예전에 노래방에서 말리가 몰래 트로트 연습하는 걸 봤기에 리희만큼 충격을 받진 않았다. 언젠가 벌어질 일이라는 걸 어렴풋이 알고 있었기 때문에.

리희는 충격을 받긴 했지만 금세 즐거워하며 말리의 디너쇼를 감상했다. 관객들도 스웩 넘치는 말리의 외모와 상반된 트로트 선율에 치즈인 줄 알고 먹었던 건두부를 떠올리며 색다른 즐거움을 맛보았다.

난 이제 지쳤다고 말리가 울부짖을 때, 그것이 흰머리 남자와 찰떡처럼 어울리는 가사라는 생각이 들었다. 이 먼 지구에 혈혈단신으로 와서 불치병까지 얻은 그는 어떤 심정일까? 비록 아리 샘을 괴롭히고 우리를 협박했지만, 한편으로는 그도 불쌍하다는 생각이 들었다.

정말 기상 관측소에 가면 아리 샘을 만나 우주선을 탈 수 있는 걸까? 그 확실치 않은 희망에 모든 걸 걸어야 한단 말인가? 말리의 노래를 들으며 앞으로 벌어질 일을 예견해 보았다.

그것도 잠시, 흰머리 남자가 내 어깨를 살짝 치더니 2층을 가리켰다. 막 문을 열고 들어오는 정장 차림의 대머리 남자들이 보였다. 이마에 '우리는 비밀 요원입니다.'라고 써 붙인 듯한 생김새였다.

"아니, 여긴 어떻게 알고 벌써……."

흰머리 남자는 리희와 내게 일어나라고 손짓하곤, 무대 뒤편을 향해 걸어갔다.

"어떡해. 벌써 우릴 쫓는 사람들이 온 거야? 그럼 도망쳐야 하잖아. 말리 쟤 아직도 신나서 노래 부르고 있는데. 끝나고 우리한테 바로 안 오고 참가자 대기실로 가 버리면 완전 큰일이야."

말리라면 충분히 그럴 만하다. 말리는 시상식까지 모두 즐기고 나서야 도망가자고 할 녀석이다. 우리는 거대한 앰프와 굵은 전선과 온갖 잡동사니가 널린 무대 뒤에 몸을 숨겼다. 흰머리 남자는 2층에서 1층으로 내려온 양복 입은 건장한 사내들을 주시했다. 그들은 객석 사이를 기웃거리며 목표를 찾고 있었다.

말리야, 정신 차려! 거기서 노래 부르고 있을 때가 아니란 말이다.

우리는 무대 뒤에서 말리를 불렀지만, 우리의 목소리는 노랫소리에 묻혀 들리지 않는 것 같았고, 녀석의 정신도 이미 저 먼 우주 어딘가로 날아가 버린 것 같았다. 한숨만 푹푹 쉬고 있는데 갑자기 리희가 벌떡 일어나더니 옆에 놓인 탬버린을 들고 튀어 나갔다.

무대로 나가며 머리 끈을 풀자 생머리가 찰랑거리며 나부꼈다. 생각보다 머리가 길고 윤기 있었다. 리희는 마치 세일러문이 변신할 때처럼 한 바퀴 돌며 뿔테 안경을 벗고는 살랑살랑 춤을 추며 말리에게 다가갔다.

관객들은 리희가 무대에 등장하자 흥에 겨워 난입한 사람이라 생각했는지 환호성을 질렀다. 사회자 역시 종종 이런 일이 벌어진다며 리희의 등장을 반겼다.

말리는 무대에 등장한 리희를 보고 놀랐지만, 노래를 멈추진 않았다. 자연스레 섞인 둘은 함께 노래를 부르기 시작했다.

밝은 조명이 쏟아지는 가운데 리희가 활짝 웃으며 노래를 부르자 순간 가슴이 두근거렸다. 안경을 벗고 머리를 길게 늘어뜨린 리희는 완전히 다른 사람처럼 보였다.

리희의 눈이 그렇게 빛나고 커다란지, 찰랑이는 긴 생머리가 그렇게 잘 어울리는지 몰랐다. 〈펄프 픽션〉에서 우마 서먼이 존 트라볼타와 식당에서 춤을 추는 장면이 떠올랐다. 영화사에 길이 남을 명장면이다. 리희와 눈이 마주치자 꼭 슬로 모선 장면처럼 시간이 느려졌다. 함박웃음을 짓는 리희를 보자 예전에 아리 샘을 봤을 때처럼 심장이 두근거렸다.

"재밌는 놈들이야."

흰머리 남자가 말했다.

"네 주변에는 저런 애들밖에 없나?"

"글쎄요?"

아저씨 주변은 어떤가요? 라고 물으려다 말았다.

"지금 이 순간을 기억해라. 우리가 지나온 시간의 진실은 기억밖에 없어. 모든 게 부정당해도 기억만은 남아 있지. 셀 수 없이 많은 은하가 펼쳐져도, 수십억 년 떨어진 우주에서 살아가도, 기억에는 강한 힘이 있어. 뇌는 또 다른 우주고, 기억은 그 우주의 중심이야. 온전한 나 자신이라고 볼 수 있지. 나는 그 사실을 잊지 않으려고 노력 중이야."

"하지만 아저씨는……."

"그래, 아이러니하게도 기억을 잃는 병에 걸렸지. 그래서 더더욱 너희들 도움이 필요해. 난 내 별로 돌아가야 한다. 나의 우주를 되찾기 위해서. 알겠나?"

흰머리 남자의 말에 나는 고개를 끄덕였다.

달리 할 말이 없기도 했지만, 이 아저씨가 조금 불쌍하다는 생각도 들었다. 기억이라? 알츠하이머병에 걸린 외계인이 하기에는 역설적이고 슬픈 이야기였다.

노래를 부르던 리희가 말리의 귀에 뭐라 속삭이자 말리의 눈이 띠용 튀어나올 듯 커졌다. 둘은 우리가 있는 쪽으로 춤을 추며 슬금슬금 걸어오다가 노래가 끝나자마자 재빨리 퇴장했다.

　객석에서는 엄청난 박수가 터져 나왔고, 말리의 인생 첫 공연은 그렇게 성공적으로 마무리됐다.

　이후 사회자가 인기상 수상자로 말리를 호명했을 때, 우리는 이미 그곳에서 벗어나 캐딜락을 타고 이동 중이었다.

# TRACK 20

우리가 타고 있는 거대한 검은색 캐딜락이 엔진 소리를 내며 달려 나갔다. 우리는 언젠가 그랬던 것처럼 차 안에서 버블티 속 펄이 된 듯 흔들리고 있다. 안전벨트를 발명한 사람에게 감사한 마음이 들었다.

"아, 아저씨. 운전할 줄 아는 거 맞죠?"

나는 손잡이를 움켜쥐고 물었다. 그러나 대답은 없었다. 외계인들은 우주선을 몰았던 경험 때문인지 하나같이 자동차로 광속을 내려는 듯 거칠게 운전했다. 우리 뒤로 똑같은 대형 캐딜락들이 따라붙은 게 보였다.

잠시 전으로 이야기를 되돌려 보자면, 말리는 꿈에 그리던 무대 데뷔를 무사히 마치고 우리와 함께 줄행랑을 쳤다. 물론 정체를 알 수 없는 대머리 요원들에게 들키기는 했지만, 〈전국 노래자랑〉 본선이 치러진 구민회관은 무사히 벗어났다.

대머리 요원들 역시 구민회관에서부터 우리를 쫓아오는 중이었다. 하지만 영화에서나 나오는 자동차 추격 신은 아직 벌어지지 않았다.

여긴 시내였고, 사람들이 많아서인지 검은 캐딜락들은 우리 뒤에서 따라오기만 하고 있었다. 그러나 이쪽저쪽 갈림길에서 튀어나와 추격에 합류하는 캐딜락 수가 점점 더 많아졌다. 불길함을 느낀 흰머리 남자가 액셀을 밟을 때였다. 우리 눈앞에 분노의 도로가 펼쳐질 순간이 머지않았다.

"와우, 아까 내 무대 봤지? 사람들이 엄청 환호했잖아. 동영상 찍었어, 브로?"

말리는 흥분을 감추지 못하고 떠들었다. 리희는 조수석에, 말리와 나는 뒷좌석에 탔다. 함박웃음을 짓고 있는 말리는 행복해 보였다.

"그런데 왜 〈땡벌〉 불렀어? 너 맨날 유남생, 유남생 해서 힙합에 목숨 건 것 같았는데."

리희가 뒤돌아보며 물었다.

"댓츠 라잇, 베이비 걸. 거기엔 깊은 사연이 있지. 물론 힙합을 사랑하지만, 그보다 먼저 해결해야 할 일이 있었거든."

"그게 뭔데?"

나도 궁금했다. 아프로 펌을 하고 맨날 외국 래퍼와 빌보드 이야기를 하던 말리를 떠올리면 이상한 일이었으니까.

"할머니 때문이지. 우리 할머니는 내가 연예인이 될 거라고 굳게 믿고 계셨는데, 최근에 건강이 나빠지셨어. 돌아가시기 전에 내가 텔레비전에 나오는 걸 한번 보고 싶어 하셨지. 유남생? 그래서 할머니를 위해 이 몸이 나선 거야. 지금쯤 집에서 아주 신이 나셨을걸. 〈땡벌〉은 할머니가 가장 좋아하는 노래거든."

말리가 싱긋 웃으며 말했다.

리희는 말리에게 엄지를 들어 보였다. 말리가 트로트를 부른 이유를 듣고 나니 나도 녀석이 조금 대견하게 느껴졌다. 그래서 〈전국노래자랑〉에 참가해야 한다고 난리를 피운 거였군. 장하다, 우리 말리.

말리가 내 어깨를 슬쩍 치더니 조용히 물었다.

"요, 브로. 아까 쟤 봤어?"

"어? 누구?"

내가 되묻자 말리는 리희를 턱으로 가리켰다.

"무대 올라간 거 말이야?"

말리는 댓츠 라잇, 하며 머리를 흔들었다.

"브로, 내가 아까부터 봤는데 베이비 걸은 꽤 괜찮은 애 같아. 아까 같이 노래 부르는데 완전 블링블링 샤이니하더라고."

말리는 리희에게 들리지 않을 만큼 작게 속삭였다. 그래서 뭐 어쨌다는 건가?

"브로는 베이비 걸을 어떻게 생각해? 유 남생?"

"코가 크다고 생각하지. 잘 달리고."

"그거 말고 다른 생각은 없어? 러블리하다거나 하는."

"뭐? 그런 생각은 전혀 안 해 봤는데……."

내가 말끝을 흐리자 말리는 올 라잇, 이라고 했다.

"내 생각에는 좋은 애 같아. 유 노 아 민? 브로가 생각하기에도 내가 베이비 걸과 좋은 한 쌍이 될 것 같지 않아?"

말리의 말에 나는 반사적으로 고개를 끄덕였다. 그러나 머리를 한 대 얻어맞은 듯한 기분이었다. 학생이 하라는 공부는 안 하고 연애할 생각만 하다니, 라고 하기에는 눈앞에 있는 말리의 헤어스타일이 너무 강렬했다.

잠시 말리가 한 말을 곱씹어 봤다. 리희가 밝은 조명 아래 탬버린을 흔들던 모습과 큰 눈을 반짝이며 환하게 웃던 모습이 머릿속에서 슬로 모션으로 재생되었다. 그 웃는 눈이 색색의 조명 아래서 나를 바라봤다. 그러자 말리가 한 말이 생선 가시처럼 걸려 넘어가지 않았다. 왜 이런 감정이 드는지 이유를 모르겠다. 아니, 사실은 조금 알 것 같기도 했다.

빛나던 리희의 모습은 내가 꿈꾸던 영화의 한 장면과 같았다. 내가 찾던 무언가……. 그토록 찾아 헤매던 것이었지만 그게 정확히 무엇인지는 정의하기 힘들었다. 에이, 나도 뭐가 뭔지 모르겠다.

복잡한 시내를 벗어나자 흰머리 남자는 속력을 올렸다. 우리를 쫓던 다른 캐딜락들도 빨라졌다.

"뎀, 나 방금 창문에 머리 박았어. 아저씨, 방금 과속 카메라 지나친 거 알아요?"

"이제 시내를 벗어났으니 녀석들도 얌전히 따라오지만은 않을 거야. 아무거나 붙잡을 게 있으면 잡으라고."

흰머리 남자가 타이밍이 한참 늦은 경고를 보냈다. 아니, 저 아저씨 저렇게 혈기 왕성한데 정말 각종 성인병에 알츠하이머까지 앓고 있는 게 맞나? 리희가 가방에서 무언가를 꺼내 흰머리 남자에게 내밀었다.

"이게 뭐야?"

"호두요. 아까 편의점에 잠깐 들러서 샀어요. 아저씨 호두 좋아하신다고 해서."

리희가 내민 호두를 본 흰머리 남자는 쿵, 하고 한번 웃더니 받아 들었다.

"고맙군."

나는 그 모습에 더욱 복잡한 심경이 되었다. 코주부 안경은 이제 온데간데없이 사라졌고, 그 애의 코도 커 보이지 않았다. 까무잡잡해서 촌스러워 보였던 피부는 아름답고 건강하게 느껴졌다. 이런 위험한 상황에 내 뇌가 또 제멋대로 움직이고 있었다. 리희는 내 시선을 느꼈는지 뒤를 돌아봤다.

"왜? 뭘 봐."

"뭐? 내가 보긴 뭘 봐."

나는 아무 말 없이 고개를 돌려 창밖을 봤다.

"꽉 잡아. 이제부터 진짜 달릴 테니까."

내 망상은 흰머리 남자의 선언에 날아가 버렸다. 우리는 안전벨트가 잘 채워졌는지 확인하고 붙잡을 만한 것을 찾았다.

이제 차는 한적한 외곽으로 접어들었다. 별다른 관광지가 없는 동네인지라 도로는 텅 비어 갔다. 흰머리 남자는 속력이 어디까지 오르나 시험이라도 하듯 액셀을 밟았다. 뒤따라오던 차들도 이때를 기다렸다는 듯 속도를 높여 우리 쪽으로 다가왔다. 바짝 다가온 대머리 요원들의 차가 우리가 탄 차의 후미를 살짝 들이받았다. 등이 튕기는 듯한 충격이 느껴졌다.

"아저씨, 이제 어쩔 셈이에요? 저렇게 줄줄이 비엔나처럼 쫓아오는데."

내가 소리쳤다.

"갓 뎀! 이래서 기상 관측소까지 갈 수 있겠어요?"

말리도 소리쳤다.

"어떡해. 한두 대가 아니야. 엄청 많아졌어."

그랬다. 리희의 말처럼 갈림길에서 하나둘씩 모여든 검은색 캐딜락은 이미 다섯 대 이상은 돼 보였다.

이 아저씨가 왜 저들과 틀어졌는지는 모르겠지만 지금이라도 전 우주적인 화해를 하고 우리를 무사히 돌려보내 준다면 더 바랄 게 없었다. 사실 따지고 보면 우리에게는 아무 죄도 없다. 지구인의 병에 잠식당한 외계인에게 납치당한 것일 뿐. 이번은 지난번과 이야기가 다르다.

"아저씨. 이러지 말고 저 사람들이랑 잘 얘기해 보면 어때요?"

내가 물었지만, 흰머리 남자는 묵묵히 핸들만 돌렸다. 급커브 구간을 F1 경기처럼 통과하자 원심력을 이기지 못한 몸이 한쪽으로 기우뚱 쏠렸다. 우리를 따라오는 차들도 급커브 구간을 통과했다. 그들은 중앙선을 넘어 우리가 탄 차를 양쪽에서 포위하기 시작했다.

"저들과 이야기하라고? 그럼 너희들은 무사할 것 같아? 내가 없었다면 너희는 풀려나지도 못했어. 국가 기밀을 지키겠다고 어린애 한둘쯤은 눈도 깜짝 안 하고 보내 버릴걸. 예전에 로즈웰에서도 똑같은 일이 있었다고. 알아들어?"

흰머리 남자가 말했다.

로즈웰이라고? 그 단어를 들으니 내게 메일을 보냈던 제임스가 떠올랐다. 리희도 이제야 현실을 실감한 듯 가방을 꼭 쥐고 긴장했다. 콩이도 가방에서 고개를 내밀어 흔들리는 차 안을 두리번거렸다.

그때 텅, 하며 무언가 부딪치는 소리가 났다. 창밖을 보니 대머리 요원들이 자기들 차에서 우리 차 지붕으로 건너뛴 것 같았다. 아니, 이게 무슨 〈매드맥스〉인가? 달리는 차에서 다른 차로 넘어오다니. 선글라스를 낀 대머리 요원이 선루프를 주먹으로 내리쳤다. 아저씨, 그거 방탄이야, 라고 외치고 싶었지만 무색하게도 선루프에 금이 쩍 가 버렸다. 그는 선루프를 몇 번 더 주먹으로 내리치더니 나중에는 선루프 한쪽을 통째로 뜯어내 버렸다.

"엄마야! 어떡해요, 아저씨!"

리희가 소리 질렀다.

"이제야 방송 탔는데 죽기는 너무 이르다고! 유남생?"

"아저씨! 이 사람들 여기 들어오려나 봐요!"

우리는 놀라서 소리를 꽥 질렀다. 선루프가 사라지고 뻥 뚫린 구멍으로 바람과 굉음이 흘러 들어왔다. 저 대머리 요원들도 범상치 않은 인간인 게 분명했다. 달리는 차 위에서 저런 짓을 할 정도면 적어도 제정신은 아니다. 혹은 인간이 아닐지도…….

대머리 요원이 구멍으로 팔을 뻗었다. 쑥 내려온 손은 가장 가까이에 있던 리희의 팔뚝을 잡아챘다. 리희는 비명을 지르며 팔을 뿌리치려 했지만 강한 손아귀 힘에 몸이 들리고 있었다.

말리와 나는 달려들어 리희의 몸을 붙잡았다. 그 애를 거의 껴안다시피 해 들리는 몸을 끌어당기는 순간, 리희와 내 얼굴이 아주 가까이에서 맞닿게 됐다. 리희의 숨결이 느껴질 정도로. 상황이 이런데도 시선이 마주치자 신체가 내보내는 뭔지 모를 화학적 신호의 아찔함이 느껴졌다.

그때, 콩이가 앙칼진 울음소리를 내며 대머리 요원의 손을 할퀴었다.

"으악!"

대머리 요원이 소리 질렀다. 그제야 우악스러운 손은 리희를 놓아 주었다.

"됐다. 손을 놨어!"

"뎀, 힘 엄청 세네."

하지만 그것으로 끝이 아니었다. 양쪽에서 달리고 있던 차들이 다가와 우리 차를 완전히 에워쌌다. 차들이 점점 밀고 들어와서 이대로 있다가는 가운데에서 짜부라질 판이었다. 차체가 서로 부딪치면서 엄청난 소음이 일었다. 이 차도 분명 우리 세금으로 샀을 텐데 이렇게 함부로 대해도 되나? 우리의 계획은 점점 더 실패라는 결승점을 향해 달려 나가는 듯했다. 위에서 다시 손이 내려와 인형 뽑기 게임처럼 아무나 데려가려 했다.

"누구 운전할 줄 아는 놈 있나?"

흰머리 남자가 고함쳤다.

"운전이요?"

"그래, 운전. 발로 액셀 밟고 손으로 핸들 움직일 수 있는 놈

있냐고."

그때 말리가 손으로 힘껏 머리를 부풀리더니 흰머리 남자의 부름에 대답했다.

"그런 남자 여기 대령입니다. 히얼 아이 컴!"

"말리야, 너 운전면허도 없잖아."

내가 말리를 말렸다.

"브로, 날 믿어. 나 니드 포 스피드 기록 보유자야. 유남생?"

미치겠네. 차 위에선 악질 이웃의 층간 소음과도 같은 소리가 들려왔고, 양옆에서는 다른 차들이 우리를 호떡처럼 누르고 있었다. 우리에겐 선택권이 없었다. 좋다, 말리를 믿어 보는 수밖에.

말리는 달리는 차 안에서 흰머리 남자와 자리를 바꿔 앉았다. 그런데 흰머리 남자가 뒷좌석으로 넘어오면서 뭘 잘못 눌렀는지 차 안에 음악이 울려 퍼졌다. 이 차, 전에도 그러더니 이번에도 마찬가지였다. 충격 감지 라디오 작동 시스템이라도 있는 것일까? 아무래도 비싼 차니까 있을지도……. 운전석에 앉은 말리는 왕년의 베스트 드라이버라도 된 듯 핸들을 꽉 쥐었다.

"예, 오랜만이구만. 후즈 유어 대디!"

흰머리 남자는 지붕에서 들어오는 손을 사정없이 쳐냈다. 우리도 그를 도와 들어오는 손을 밖으로 밀어냈다. 차들이 양쪽에서 계속 부딪혀 와 쇳덩이끼리 마찰하는 소름 끼치는 소리가 들렸다. 흰머리 남자는 이대로는 안 되겠다고 생각했는지 뻥 뚫린 선루프 바깥으로 나갔다.

"어? 아저씨!"

리희가 소리쳤지만 이미 흰머리 남자는 차 지붕 위로 올라간 후였다.

대머리 요원 둘과 흰머리 남자는 불어닥치는 바람을 맞으며 대치하다가 서로에게 달려들었다. 대머리 1이 주먹을 날렸지만 흰머리 남자는 고개를 숙여 피했다. 피하기만 한 것이 아니라 대머리 1의 복부에 정확히 주먹 두 방을 꽂았다. 대머리 1은 차 밖으로 나가떨어졌다. 그사이에 대머리 2가 흰머리 남자를 향해 발을 날렸다. 발차기에 맞은 흰머리 남자는 중심을 잃고 비틀거리다가 앞 차창으로 굴러떨어졌다.

"아악! 이게 뭐야? 안 보이잖아!"

운전 중이던 말리가 소리 질렀다.

하지만 흰머리 남자는 바로 다시 일어나 대머리 2의 배를 걸어차 도로로 날려 버렸다. 말리는 거기다 대고 "기억할게!"라며 워보이의 대사를 외쳤다.

그때, 날아간 줄 알았던 대머리 1이 차 뒤에서 기어 올라왔다. 배를 걸어차였던 대머리 2도 차 옆에서 다시 나타났다.

"뭐야? 이 빡빡이들 뭔가 이상한데?"

내가 소리 질렀다.

이 어지러운 상황에서도 라디오에서는 레너드 코헨의 〈할렐루야〉가 흘러나오기 시작했다. 난장판 위로 코헨 옹의 진한 소울이 담긴 목소리가 잔잔히 깔렸다.

나는 노래에 맞춰 누군가에게 빌고 싶은 마음뿐이었다. 제발 모든 게 무사히 잘 풀리고 우리를 구원해 주기를. 할아버지 보고 계시지요? 〈할렐루야〉를 배경으로, 캐딜락 지붕 위에서는 흰머리 남자와 대머리 요원들이 서로를 노려보고 있었다. 흰머리 남자가 힘에 부치는지 숨을 헐떡였다.

그때, 우리 곁을 달리던 다른 차들의 문이 열리고 고만고만하게 생긴 대머리 요원들이 우르르 모습을 드러냈다. 유니폼과 같은 검은 양복을 빼입은 요원들이 하나둘 우리 차로 기어올라왔다. 지붕 위는 곧 네다섯 명쯤 되는 사람들로 바글거렸다. 차는 꼭 알을 등에 진 두꺼비처럼 변해 버렸다. 다른 몇은 운전석을 탈취하려 했다. 말리가 제대로 운전하고 있는지 걱정됐다. 리희는 뭔가 무기가 될 만한 것을 찾아 두리번거렸다.

그러는 사이 위에서는 다시 싸움이 벌어졌다. 흰머리 남자는 두 발을 단단히 붙인 채 허리 움직임만으로 날아오는 공격을 피하면서 대머리 요원들을 차례차례 처리하고 있었다. 하지만 나가떨어지는 듯 보였던 요원들은 금세 정신을 차리고 다시 흰머리 남자에게 달려들었다.

결국 흰머리 남자는 요원들에게 꼼짝없이 붙들리고 말았다.

차는 커브 구간에 접어들고 있었다. 운전 경험이 없는 말리는 커브 구간에 들어서서도 속력을 줄이지 못했다. 육중한 차체가 한쪽으로 쏠리고 휘청댔다. 거기다가 타이밍도 절묘하게 반대편 차선에서 마주 오는 차가 우리의 시야에 들어왔다. 만약 말리가 운전을 좀 더 잘했다면 핸들을 반대로 돌려 차체를 안정시킬 수도 있었을 것이다. 마리오 카트에서는 그렇게 한다. 그러나 이것은 엄연한 현실이고, 물리 법칙은 우리의 염원을 무시한 채 진행됐다. 대머리 요원들을 매달고 커브 길을 돌던 캐딜락은 결국 중심을 잃고 도로 위로 미끄러졌다.

"오 마이 갓! 진짜 발할라로 가게 생겼구만. 뎀!"

말리가 울부짖었다.

차는 가드레일을 들이받고 그대로 공중으로 튀어 올랐으며 그 밑에 흐르던 얕은 계곡으로 육중한 차체를 날렸다. 차 위에 있던 흰머리 남자와 대머리 요원들은 허공으로 두둥실 떠올랐다.

"까아악!"

몸이 짐짝처럼 이리저리 구르는 와중에 리희의 비명 소리가 들렸다. 나는 리희의 어깨를 붙잡았다.

"꽉 잡아, 리희야!"

내가 다급하게 외쳤다.

이제 우리는 운이 좋다면 목숨을 부지할 수는 있겠지만 크게 다치는 것은 피할 수 없는 운명이었다. 준용이가 "16주?"라고 말하며 웃는 모습이 떠올랐다. 그러나 이상한 것은 우리 몸이 이렇게 날아가는 중에도 왠지 모를 포근함이 느껴진다는 거였다. 정체 모를 얇은 막이 내 몸을 감싼 듯했다. 아무래도 죽기 전에 제정신이 아닌가 보다.

그렇게 우리가 탄 8기통 자연 흡기 엔진을 단 거대한 캐딜락은 신정산으로 향하는 계곡에서 〈매드맥스〉의 한 장면처럼 전복되고야 말았다.

# TRACK 21

하하하. 다행히 우리는 무사했다. 신의 가호가 있었는지 아니면 평생 쓸 단 한 번의 행운이 찾아왔는지 모르겠지만 일단 무사하다는 사실이 중요했다.

물론 이해할 수 없는 일이다. 거대한 차가 공중에 떠올랐다가 추락해서 땅바닥을 몇 바퀴 굴렀는데도 별다른 부상 없이 자동차에서 기어 나올 수 있다니. 리희와 함께 5미터 높이의 직벽 아래로 점프했을 때처럼 우리는 멀쩡했다.

나와 말리, 리희는 차에서 빠져나와 주변을 살폈다. 다들 약간의 찰과상이 전부라는 게 믿기지 않을 정도였다. 가드레일을 박고 추락한 차는 반파되어 연기를 뿜고 있었다. 말리는 자신이 벌써 고급 SUV를 두 대나 부숴 먹었다고 자랑했다. 그때, 어디선가 흰머리 남자가 나타나 우리를 이끌고 달리기 시작했다.

그리하여 지금 우리는 숲길을 사정없이 헤매고 있다.

"요, 브로. 이게 꿈이야? 생시야? 우리 어떻게 멀쩡한 거지?"

말리가 달리면서 말했다.

"나도 몰라. 일단 달려!"

지금은 그런 생각을 할 때가 아니다. 그저 흰머리 남자를 따라 달리는 수밖에. 사실 저 남자에게서 도망칠 기회가 여러 번 있었을지도 모르지만 우리는 그러지 않았다. 꼭 스톡홀름 신드롬에라도 걸린 것처럼 저 아저씨가 불쌍해 보이고 도와주고 싶다는 생각이 들었다.

산으로 접어들수록 나무가 빽빽해졌다. 사람이 다니는 길이 아닌지 길게 자란 수풀을 헤치며 달려야 했다. 몸 여기저기에 스치는 나뭇가지나 수풀의 잔가시가 따가웠다.

"아저씨, 이리로 가는 게 맞아요?"

"정상으로 가려면 이 길밖에 없어. 좀 더 쉬운 길이 있을지 몰라도 지금은 이쪽으로 가야 해. 아까 그 녀석들이 포기하진 않을 거야. 그러니까 쉬지 말고 달려. 알겠나?"

흰머리 남자는 꼭 한 번씩 되물었다. 우리가 멍청해 보여서 이해를 못 할 거라 생각하는 듯했다. 어쨌든 맞는 말이다. 대머리들이 우리를 포기할 것 같진 않았다. 하지만 이렇게 가다가는 잡히고 말 것이다. 리희의 가방에서 고개만 내민 콩이가 보였다. 우리는 헉헉대며 산길을 달리고 있는데 녀석은 무슨 금강산 유람하듯 편안하고 여유롭게 주변을 살폈다. 부럽네.

"브로, 우리 이러다가 진짜 관타나모 수용소 같은 데 갇히는 거 아니야? 유남생?"

"미안해, 말리야."

내가 말했다.

어찌 보면 모든 게 내 탓일지도 몰랐다. 그날 저녁 외계인을 몰래 따라가지 않았다면, 그냥 내 머리가 좋아서 과외를 하지 않았다면, 아리 샘에게 반하지 않았다면, 영화감독을 꿈꾸며 밤새 팝콘을 먹지 않았다면, 만약 그랬다면 오늘의 이런 고생은 없었을지도 모른다. 말리에게 미안했다. 리희에게도.

"어쩌면 우리 진짜 위험해진 걸지도 몰라."

고개를 들자 촘촘한 침엽수 이파리 사이로 하늘이 보였다. 지금 시각은 여섯 시 12분. 아직 해가 떨어지지 않아 빽빽한 나무 너머로 신정산 꼭대기가 보였다. 그곳에 위치한 돔형 지붕의 콘크리트 건물이 바로 기상 관측소이자 우리의 최종 목적지였다. 그러나 그곳까지는 그다지 가까워 보이지 않았다.

"브로, 우리 또다시 지구의 적이 되어 버렸어. 브로가 위험하다고 한 건 그 뜻이겠지. 라잇?"

말리가 외쳤다.

"나 사실 브로한테 고백할 게 있어. 예전부터 마음속에 담아 뒀던 비밀인데……. 지금 이런 상황이 아니면 말 못 했을 거 같 긴 하지만……."

말리가 주저하며 말했다.

"뭔데?"

나는 숨을 헐떡이며 되물었다.

"브로, 초등학교 때 학교에서 팬티에 똥 싼 적 있잖아. 그거 학교에 소문 다 나고. 유남생?"

나는 리희가 듣지 못했기를 빌었다.

"그런 얘기를 지금 왜 해!"

"그거 애들한테 소문낸 거 나야. 쏘리, 브로. 지금 아니면 말 못 할 거 같아서."

이런 젠장. 그 소문 때문에 초등학교 내내 하기스라고 놀림 받느라 얼마나 고통스러웠는데, 말리 녀석이 범인이었군.

"말리야."

"왓썹."

"나도 고백할 거 있어. 예전에 길 가다 너 마주쳤는데 학교 친구들이랑 있어서 모른 척 지나쳤어. 미안해."

내가 말했다.

"왓 더! 내가 쪽팔렸어, 브로?"

말리가 소리쳤다. 사실이었지만, 세상은 복잡하고 하나의 뜻이 전달되는 데에는 여러 가지 방법이 있으므로 나는 오 헨리의 『마지막 잎새』를 떠올리며 선의의 거짓말로 아니라고 했다. 달리며 우리 얘기를 듣던 리희가 깔깔대며 웃었다.

"너희 진짜 웃긴다. 별종들이야."

리희는 육상부 출신이라 우리보다 훨씬 빨랐다. 선두에서 수풀을 헤치고 달리며 멍청한 우리 이야기에 싱글벙글거렸다.

"그래서 좋아."

리희가 말하자 마음속에 이유 모를 고요가 찾아왔다. 풀이 스치는 소리도 잦아들었다. 뛴다. 심장도 뛰고 다리도 뛴다. 우리는 지구인에게서 도망치는 외계인을 쫓아가고 있다. 뭔가 잘못된 그림 같지만……. 에라, 모르겠다. 될 대로 되라지.

그렇게 몇 분쯤 계속 달려 나가는데, 리희의 속도가 점점 느려졌다. 나중에는 절뚝이며 걷는 지경에 이르렀다.

"헉, 헉. 왜 그래?"

리희는 빠른 대신 내구성에 문제가 있었다. 교통사고를 당했을 때 얻은 부상 때문인 듯했다. 리희는 결국 자리에 주저앉고 말았다.

"나 좀만 쉴게. 너희 먼저 가."

"안 돼. 이대로 있으면 너 잡힐 거야. 그러면 엄청 두꺼운 서류에 사인하고 하루 종일 갇히게 될걸?"

내가 소리쳤다.

"그렇게 무섭게 들리진 않는데?"

리희가 생글거리며 말했다. 거기서는 설렁탕도 안 준다고 했지만 소용없었다. 무대에서 벗었던 안경을 다시 쓰고 머리도 단정히 묶은 리희는 분명 달라진 것이 없었지만 달라 보였다. 사람의 뇌 중 시각을 담당하는 부분이 가장 크다고 들었다. 그런데 내 뇌에서 그 부분이 고장 났는지, 리희를 보고 받아들이는 정보에 현격한 오류가 발생했다.

"뎀, 어쩔 수 없다. 우리 둘이 부축하자."

말리가 말했다. 우리는 각자 리희의 팔을 하나씩 맡아 부축했다.

"그러지 마. 이러다가 너희도 잡혀. 나는 놔두고 도망가."

"싫은데. 너는 아까부터 왜 자꾸 우리보고 가라고만 해. 너무 멋있는 척하지 마. 그리고 몇 명 없는 영화 동아리 회원을 두고 갈 수는 없지."

내가 말했다. 공고문을 붙인 뒤로 아직 한 통의 전화나 문자가 없다는 게 떠올랐다.

"댓츠 라잇. 마이 맨!"

"그럼 나도 에트랑제 정식 회원이야? 배우 시켜 줄 거지?"

리희가 웃으며 말했다. 나는 대답하지 않았다.

산에서는 해가 빨리 떨어진다고 한다. 마법 결계 같은 것이 쳐져 있는지, 산속은 동네보다 정말 빨리 어두워졌다. 어두워지자 곧게 솟은 침엽수들과 수풀의 그림자만 보였다. 인간이 남긴 어떤 흔적도 보이지 않았다. 아, 자연 앞에서 우리는 얼마나 보잘것없는 존재란 말인가. 나는 순간 철학적 깨달음을 추구하는 고행자처럼 내 존재에 대해 고찰했다.

지금 이런 공허함이 왜 느껴지나 했더니 숲에는 우리뿐이었다. 흰머리 남자가 사라진 것이다.

"뭐야? 그 아저씨 흥분해서 혼자 산으로 달려간 건 아니겠지?"

"마이 갓. 그게 아니라면 왜 코빼기도 안 보이는 거지?"

"그러게 나 두고 가라고 했잖아."

우리 셋은 망연자실해서 주변을 살폈다. 이게 어찌 된 일이란 말인가? 흰머리 남자의 손아귀에서 탈출한 것은 응당 기뻐할 일이건만 찜찜한 기분이 들었다. 어둑해진 숲속에서 우리는 두리번거리며 흰머리 남자의 행적을 좇았다.

"요, 아저씨. 웨 알 유?"

"아저씨, 어디 있어요? 안 나타나면 우리 그냥 갈 겁니다!"

하지만 숲은 고요했다. 할 수 없이 리희를 부축하며 앞을 향해 갈 수밖에 없었다. 빽빽한 산림 지대를 지나자 야트막한 자갈밭과 그 옆으로 흐르는 계곡이 눈에 들어왔다. 숲길은 끝이 났다.

자갈밭으로 걸어가자 검은 실루엣이 보였다. 노을빛으로 물든 계곡에 발을 담그고 서 있는 것은 흰머리 남자였다.

우리는 흰머리 남자에게 다가갔다. 쉬지 말고 달리라고 성화이던 사람이 거기서 뭘 하고 있는지 모르겠지만, 그는 가만히 서서 해가 지는 하늘을 바라보고 있었다.

"아저씨, 여기서 뭐 해요?"

"요, 맨. 얼른 가자구요. 이러다가 그 빡빡이들 쫓아온다고요. 왓 유 고나 두, 맨."

흰머리 남자는 영혼의 45퍼센트 정도가 빠져나간 듯 구부정한 자세로 서 있었다. 뭔가 이질적인 분위기가 흘렀다. 우리는 흰머리 남자 앞에 섰다.

"아저씨, 여기서 뭐 하냐고요?"

"나 뭔지 알 것 같아."

리희가 말했다.

"저 아저씨가 왜 저러는데?"

"예전에 같은 아파트 단지에 알츠하이머 걸린 할머니 한 분이 계셨어. 평소에는 할아버지 손에 이끌려 다니셨는데, 어느 날 할머니 혼자 계신 모습을 봤거든. 멍한 얼굴로 아파트 한복판에 서 계시더라고. 뭘 할지 모르겠다는 듯한 표정이었어. 그때랑 똑같은 분위기가 지금 저 아저씨한테서도 느껴져."

"왓! 그럼 저 아저씨가 지금 정신이 나간 거라고? 오 마이 갓!"

말리는 신고 있는 에어 조던이 젖는 게 싫은지 자갈밭으로 슬금슬금 뒷걸음질 치며 소리쳤다.

나는 흰머리 남자의 얼굴을 가만히 들여다봤다. 과연 그 말이 맞는 것 같았다.

"아저씨, 정신 차려요. 그 사람들이 우릴 쫓고 있는 거 몰라요? 여기서 잡히면 모든 게 끝이라고요. 아저씨 집에 안 돌아갈 거예요?"

내가 남자의 팔을 붙잡고 말했다. 그러나 소용없었다. 이제 흰머리 남자는 수십 광년 떨어진 고향 별을 두고 불로불사가 아닌 인간의 한계를 안은 채 이곳에서 잠드는 것일까?

어쩌다 이 지경이 된 걸까. 왜 남들처럼 평범하게 지내지 못하고 이런 이상한 일들만이 코 푼 휴지처럼 쌓여만 가는 걸까, 하는 한탄이 흘러나왔다.

아리 샘은 말했었다. 인간은 인간이 할 수 있는 만큼 최선을 다할 수 있고, 그 한계를 설정하는 건 오로지 자신의 의지라고. 나는 높이 뛰기 선수도 될 수 있고, 서울대에 들어갈 수도 있고, 영화감독이 될 수도 있다.

나는 나의 의지로 이 남자를 저 산꼭대기 기상 관측소로 데리고 가고 싶었다.

"아저씨, 이렇게 있으면 망해요. 자신을 기억하라고요. 아까 저한테 한 말도 까먹은 건 아니죠? 기억은 곧 자신이라고요. 이 넓은 우주에 우리의 의미는 오로지 자기 자신을 기억하는 것뿐이라고 했잖아요. 그러니까 자신을 떠올려 봐요. 아저씨가 살려면 여기를 떠나는 길밖에 없어요. 집에 가야 한다고요."

나의 외침에도 흰머리 남자는 미동 없이 노을만 바라봤다. 어쩌면 저 먼 우주 고향 별을 바라보고 있는지도 모르겠다. 슬 픈 일이다.

"댓츠 라잇! 이거 우주적 분쟁 거리가 될지도 모른다고요. 유 노 아 민?"

말리도 거들었다.

그때 리희가 흰머리 남자에게 한 발짝 다가섰다. 한마디하 려나 싶었는데, 리희는 흰머리 남자의 바지 주머니에 손을 넣 더니 무언가를 꺼내 남자의 입에 쏙 집어넣었다.

"야, 그거 뭐야? 갑자기 뭘 넣은 거야?"

"호두."

리희가 짧게 말했다.

"그걸 먹인다고 뭐가 달라지겠어? 이제 우린 망했어. 망했다 고!"

갑자기 밀려든 자괴감이 온몸을 감쌌다. 흰머리 남자가 말 했듯이 이제 국정원에서 우리를 잡아 가둘 것이다. 이전까지 는 그럭저럭 농담으로 버틸 수 있었던 일도 이제는 돌이킬 수 없는 지경에 이르렀다. 들불처럼 번지는 우리의 죄목과 비밀 유지를 위한 무시무시한 조치들. 지금 우리가 보는 노을이 생애 마지막이 될지도 몰랐다. 갑자기 부모님이 보고 싶어졌다. 날 믿는다고 말했던 엄마는 또 한 번 배신감을 느낄 것이다. 마지막으로 엄마를 봤을 때 싸운 게 엄청나게 후회됐다. 지금이라도 돌아간다면 대입을 위해 열심히 공부할 텐데…… 아버지, 월척 많이 낚으시길. 불효자는 웁니다. 할아버지, 부디 제게 용기를 주세요.

"꼬맹이, 시끄러워."

흰머리 남자가 입을 우물거리며 말했다.

그의 가출한 정신머리가 다시 돌아왔다. 말리와 리희가 환호성을 질렀다.

"아저씨, 정신 차렸어요? 방금 무슨 일 있었는지 알아요?"

"대충 알 것 같군."

흰머리 남자는 주변을 둘러보고 시계를 봤다. 여섯 시 43분이었다.

호두가 뇌에 좋다던 흰머리 남자의 말은 사실이었나 보다. 무슨 코미디도 아니고 호두 먹었다고 제정신을 차리다니…… 어찌 됐든 다행스러운 일이었다.

"너, 이렇게 될 줄 알고 그런 거야?"

내가 리희에게 물었다. 리희는 고개를 저었다.

"설마. 그냥 그렇게 서 있는 아저씨를 보니까 불쌍해서 평소 좋아하던 호두라도 주자, 해서 그런 거지. 그래도 결과적으로 잘됐잖아? 그지, 콩이야?"

리희는 가방에서 콩이를 꺼내 끌어안고 볼을 비볐다.

최악의 상황에는 항상 숨통을 틔워 주는 뭔가가 나타났다. 운명의 여신이 돕는 것인지 우주의 섭리인지 모르겠지만, 그런 것이 없었다면 인생은 얼마나 삭막할까.

흰머리 남자는 고개를 들어 주변을 살폈다. 이곳이 어디인지, 기상 관측소까지는 얼마나 더 가야 하는지 가늠해 보는 듯했다. 이 동네에서 제일 높은 곳. 아리 샘이 말한 '동네'의 범위가 어디까지일까? 외계인의 스케일로 동네가 나라만 한 크기면 어떡하지? 에베레스트로 가야 했던 건 아니겠지?

"이제 다시 가 볼까. 내 몸이 한계에 다다른 것 같아. 다시 정신이 나갈지도 몰라. 서두르지. 시간이 많지 않으니. 알겠나?"

"좋아요. 이왕 돕기로 한 거 신나게 해 볼까. 컴온 요!"

말리가 외쳤다.

좋다. 한번 가 보자. 힘을 내서 의지를 짜내 보자. 내가 이룰 수 있는 것에 도달할 때까지. 나중에 영화 만들 때 스태프들이 다 도망가도 지금의 기억으로 힘을 낼 수 있겠지. 리희 역시 콩이를 높이 쳐들며 파이팅을 외쳤다.

그러나 그런 우리의 의지와 기대가 무색하게, 계곡 주변으로 자갈인지 대머리인지 헷갈리는 양복 입은 사내들이 모습을 드러냈다.

# TRACK 22

"뎀, 이거 완전 된통 걸렸네. 유남생?"

말리가 우리를 향해 다가오는 대머리 사내들을 보고 울부짖
었다.

"이, 이제 어쩌죠?"

정답을 모를 땐 누군가에게 답을 구하고 싶어지는 법이다.
신이라든가, 미지의 외계인이라든가.

"난감하군. 여러 가지로. 내 몸 상태도 그렇고 저기 저 녀석
들도 그렇고."

"그냥 아저씨가 해치우면 안 돼요?"

내가 물었다.

"모르겠어. 아무래도 저들은 신체 능력을 강화시킨 인간 같아. 나와 비슷하거나 더 큰 능력이 있는 것 같군."

흰머리 남자는 그들을 바라보며 말했다.

싸움이 벌어져도 승산이 전혀 없다는 말 같았다. 이런 미치고 팔짝 뛸 일이 있나.

나와 말리, 리희는 이 싸움에 아무런 도움이 안 될 게 뻔했다. 치어리딩이라면 모를까. 대머리 요원들은 열두 명쯤인 것 같았다. 그들은 묵언 수행이라도 하는지 입을 꾹 닫고 굳은 얼굴로 포위망을 좁혀 왔다. 그들이 학익진을 펼쳐 오자 우리는 가두리 양식장 속 고등어처럼 구석에 몰렸다.

"이봐요, 당신들. 우리를 왜 괴롭히는 거예요? 이렇게 막 대해도 되는 거예요? 이거 인권, 아니, 외계인권 침해라고요."

리희가 콩이를 품에 안고 말했다.

"이지 맨. 그렇게 무섭게 오지 말라고요."

"아저씨들. 아저씨들도 원해서 이런 건 아니잖아요? 대화로 풀 수도 있을 거 같은데. 변호사 좀 불러 줄래요?"

우리는 떠오르는 대로 아무 말이나 지껄였다. 하지만 그들에게는 들어 줄 생각이 없어 보였다.

"그만해. 어차피 저들은 멈추지 않아. 명령을 받았을 뿐이라고. 어쩔 수 없이 이 일은 힘으로 해결해야 해. 알겠나?"

흰머리 남자가 내 어깨를 짚으며 말했다.

"너, 준호라고 했지?"

"……."

"그래. 생각해 보니 너랑은 꽤 인연이 있군. 처음에는 그냥 멍청한 꼬마인 줄 알았는데……. 더군다나 난 너희의 적이었고. 그런데 지금은 이렇게 도움을 받고 있군. 재미있지 않나, 그렇지?"

또 되묻는다.

"고맙다는 말을 하고 싶군. 여기서 살아 나간다면 꼭 보답하지."

외계인들은 아무래도 보답이라는 공수표를 남발하는 것을 좋아하나 보다. 나는 남자에게서 이런 말을 듣는 건 별로 좋아하지 않는다. 그렇지만 굳이 싫다고 할 입장도 아니었기에 고개만 끄덕였다.

요원들은 염주 알 같은 대머리를 반짝이며 우리를 향해 다가왔다. 흰머리 남자는 한번 크게 심호흡을 하더니 셔츠를 벗었다. 근육으로 뒤덮인 넓은 상체가 드러났다. 흰머리 남자는 호두 몇 알을 입에 넣고 으득 씹었다.

"이제 시작해 볼까."

중얼거린 흰머리 남자가 앞으로 튀어 나갔다. 맞은편의 대머리 요원들도 흰머리 남자를 향해 달려들었다. 가장 앞에 서 있던 요원이 흰머리 남자를 향해 주먹을 휘둘렀다. 당연히 피할 줄 알았는데 주먹은 흰머리 남자의 얼굴에 적중했다. 하지만 흰머리 남자는 머뭇거리지 않고 그대로 돌진해 팔꿈치로 상대의 턱을 날렸다. 턱을 맞은 요원이 저만치 날아가자 옆에서 다른 두 명이 덤벼들었다. 그들은 럭비를 하듯 흰머리 남자를 몸으로 들이받았다. 쿵, 하는 육중한 소리가 났지만 흰머리 남자는 주먹을 양쪽으로 뻗어 그들을 날려 버렸다.

흰머리 남자는 덤벼드는 대머리들에게 계속 주먹을 내뻗었다. 하지만 각종 성인병을 앓고 있는 관계로 힘에 부치는 듯했다. 대머리 요원들은 흰머리 남자의 무지막지한 주먹을 맞고도 좀비처럼 끊임없이 다시 일어나 덤볐다. 그러면 흰머리 남자는 흡사 밀가루 반죽을 치대듯 주먹과 발을 날렸지만 먹히는 것 같지 않았다. 땀범벅이 된 흰머리 남자는 호흡도 점점 가빠지는 게, 지쳤다는 걸 알 수 있었다.

"말리야, 저 아저씨 힘들어 보여."

"브로, 지금 남 걱정할 때가 아니야. 내 무릎도 후달린다고. 유남생?"

요원들을 피해 도망 다니는 말리도 땀을 흘리며 헉헉대고 있었다.

"저리 가! 이 문어들아."

콩이가 무슨 권총이라도 되는 듯 요원들 앞으로 내밀던 리희가 소리쳤다. 그러나 별 소용없이 요원들에게 제압당했다.

그것을 본 말리가 도와준답시고 달려가 자신의 머리가 쇠공이라도 되는 듯 박치기를 날렸다. 하지만 타격감은 제로인 것 같았다. 리희를 잡고 있던 요원이 천천히 고개를 돌려 말리를 바라봤다.

"어……. 이지 맨. 화내면 대머리."

어이없다는 듯 콧방귀를 뀐 대머리 요원이 말리의 뺨따귀를 후려갈겼다. 짝, 하는 찰진 소리와 함께 말리의 몸이 팽그르르 날아갔다.

"말리야!"

말리에게 달려가 보니 녀석은 코가 꺾여 피를 흘리고 있었다.

"아! 내 코. 수술한 지 얼마 되지도 않았는데. 유남생?"

말리의 코가 꺾인 걸 보니 내가 다 아팠다. 바닥을 뒹구는 말리에게 이번에는 콧대를 더 높여 보자는 위로를 건넸다.

"그, 그럴까?"

우리 친구 말리, 참 단순하기도 하지. 그렇지만 싸움은 끝나지 않았다. 흰머리 남자 앞에는 아직 일고여덟 명의 요원이 있었다. 허리를 붙드는 요원은 그대로 들어 바닥에 메치고, 팔을 붙잡는 요원은 손가락을 꺾어 버렸다. 잡힐 듯하다가도 화려한 스텝으로 아슬아슬하게 빠져나가며 자신이 유리한 위치에서 다수를 상대하기 위해 노력했다.

그 모습에 〈올드보이〉의 장도리 신이 떠올랐다. 1 대 다수의 싸움은 이렇게 고독하고 말이 안 되는 일이다. 영화에서나 있을 수 있는 일. 인간이 아니어야 벌일 수 있는 일. 외계인이니까 가능한 일이었다.

예상대로 나와 말리, 리희는 이 싸움에 아무런 도움이 안 됐다. 우리는 대머리 요원들에게 결박당한 채 흰머리 남자의 고독한 싸움을 지켜봤다. 그는 점점 지쳐 갔다. 자신과 비슷한 수준의 신체 능력을 가진 요원을 여러 명이나 상대하기에는 너무 벅차 보였다. 흰머리 남자는 점차 밀리기 시작했다. 복부와 얼굴을 향해 날아드는 주먹과 발길질을 피하지 못했다. 맷집으로 버텼지만 끝내 무릎을 꿇고 말았다.

"아저씨, 힘내요! 여기서 지면 고향에 갈 수 없다고요!"

내가 소리쳤다.

"뎀, 이 빡빡이들 정말 세잖아. 내가 코만 안 부러졌어도. 유 남생?"

"그만해! 비겁하게 여러 명이 공격하지 마!"

말리와 리희도 소리쳤다.

흰머리 남자는 숨을 몰아쉬며 땅바닥에 손을 짚었다.

그때, 안개처럼 우리 뒤로 누군가 다가왔다. 새로이 등장한 누군가는 부유하듯 우리를 가볍게 지나쳐 흰머리 남자 맞은편에 섰다. 얼굴이 갸름하고 눈매가 날카로운 40대 후반의 남자는 핏이 좋은 남색 양복을 걸치고 있었다. 양복 상의에 달린

**193**

배지와 중지에 낀 금반지가 반짝였다.

"뭐, 뭐지?"

"저 아저씨는 누구고, 어디서 나타난 거지? 준호야. 아는 사람이야?"

리희의 물음에 나는 고개를 저었다.

남자가 손짓하자 대머리 요원들이 뒤로 물러났다. 대머리들의 상관인 듯했다. 왠지 불길한 사람이었다.

"고된 하루죠?"

남자가 말했다.

"퉤! 그래, 일진이 사나운 하루로군."

흰머리 남자는 침을 뱉으며 거친 숨을 몰아쉬었다.

"저 아이들은 누군가요? 낯이 익은데…….."

남자가 우리를 보며 말했다.

"저 애들은 이 일과 무관해. 내가 억지로 끌고 온 거야."

"태호 씨. 이렇게 당신 마음대로 행동하면 저희는 어떡합니까."

"최 부장. 이제 와서 그런 이야기를 하면 너무 뻔뻔한 게 아닌가 싶은데."

태호. 저 흰머리 남자의 이름이었다. 아마 아리 샘이 그랬던 것처럼 지구에서만 쓰는 이름이겠지만. 왜 이름을 물어볼 생각을 안 했을까? 외계인이라 뭔가 아낙수나문 같은 거창한 이름을 가지고 있을 거라 생각했는데…….. 태호라는 이름은 너무 친근하다. 역시 내게는 흰머리 남자라고 부르는 게 더 잘 어울렸다. 어쨌든 둘 사이는 그리 좋아 보이지 않았다.

"그런가요? 피차 그런 말을 할 입장은 아니라고 생각합니다."

최 부장이 반지를 매만지며 말했다. 둘은 몇 마디 더 주고받았다. 전말을 모르니 들어도 무슨 소리인지 이해할 수가 없었다. 이제 외계인 탈출 계획은 실패로 돌아갔다. 하긴 아리 샘이 지나가듯 한 말을 믿고 여기까지 오다니. 게다가 목적지인 신정산 기상 관측소에도 가지 못한 채 끝이 나 버렸다. 허무하고 허무하도다.

"이봐요. 그 아저씨 괴롭히지 마요. 그 아저씨는 아프다고요! 그냥 고향으로 보내 주세요."

리희가 최 부장에게 소리쳤다.

가끔 지나치게 해맑은 애들이 있다. 영화에도 꼭 이런 캐릭터가 나온다. 정의를 믿고, 선이 언제나 악을 이길 것이라 생각하는 답답한 인물. 하지만 그런 불가해한 사람을 가까이서 지켜보고 있으니 경외감이 들었다.

"맞아요. 이런다고 뭐가 달라지겠어요? 그냥 평화롭게, 우주와 지구를 위해 저 아저씨를 놔 줘요."

"예, 맨. 저 아저씨 병자라고. 유남생?"

내가 말하자 말리도 한마디 거들었다. 하지만 최 부장은 묘한 냉소를 지으며 우리를 쳐다봤다.

"흐음. 그러고 보니 저 애들은 지난번 사건과 관련이 있는 녀석들이군요. 그래, 또 네놈들이구나. 너희들이 지금 벌이는 짓이 정확히 어떤 것인지 알고나 있니? 이건 꽤 심각한 문제란다. 평생을 지하 어딘가에 갇혀 지내고 싶은 거냐."

최 부장이 뱀과 같은 미소를 지으며 말했다.

"그런 게 어디 있어요? 우린 대한민국 시민이고 아직 학생이라고요. 우리를 이렇게 협박해도 되는 건가요?"

리희가 당차게 대답했지만 최 부장은 꿈쩍도 안 했다.

"이런, 너희가 벌인 이 일이 얼마나 심각한지 아무것도 모르는구나. 머리가 좋아 보이지는 않으니 얘기해 봤자 이해하지 못할 수도 있겠군."

최 부장이 말했다.

살짝 자존심이 상했지만 반 평균을 깎아 먹는 나와 말리로서는 수긍할 수밖에 없는 말이었다. 다만 리희는 우리와 묶이는 게 싫은지 발끈하며 수학 2등급이라고 말했다. 공부 못한다고 했던 것 같은데…….

"그래. 하지만 2등급이 자랑할 건 못 되지. 여기서 이러지 말고 더 나은 사람이 되려고 노력해. 첫 단추라는 게 있잖아. 그걸 잘못 끼우면 인생 전체가 꼬이는 거야. 외계인과 어울리는 것보다 너희는 공부를 해야지. 그게 너희의 사명이고 국가를 위하는 길이다. 너희 세대는 국가를 어떻게 인식하지? 사실 너희가 힘들게 공부하는 건 다 국가를 위해서지. 너희는 국가에 필요한 인재가 되기 위해 존재한다는 말이다. 간단하게 말하자면 그런 거지. 국가가 없다면 개인도 없고, 행복과 평화도 없다."

최 부장이 말했다.

우리는 할 말을 잃었다. 아, 내가 이렇게 학교와 학원에 다니며 스트레스를 받는 게 다 국가 때문이었구나, 라는 생각이 들자 열이 받았다. 나는 왜 내 의지와 상관없이 국가의 주춧돌이 돼야 한단 말인가. 나는 오로지 나로서 존재하고 싶다. 저 남자의 말처럼 국가가 필요로 하는 인재가 되고 싶지 않았다.

"'우리의 조국이란 우리의 마음이 묶여 있는 곳이다.' 볼테르가 한 말이지. 나라를 잃은 민족이 어떤 꼴을 겪는지 알고 있나? 수백 년간 쿠르드족은 독립을 부르짖었지만 결국 강대국들의 수탈과 이해관계에 놀아나 독립을 이루지 못했지. 티베트는 말할 것도 없고 이스라엘과 팔레스타인을 봐. 나라 없이 떠돌던 약자가 힘을 얻자 그 위치가 바뀌어 버렸지.

강대한 국가라는 건 우리가 생각하는 범위 바깥의 큰 영역이야. 21세기는 기술과 정보의 시대지. 이런 시기에 세계 강대국으로 부상할 기회가 왔다면 너희는 과연 어떤 선택을 할까? 너흰 지금 국가에 대한 이적 행위를 한 셈이야. 가족과 친구와 사회와 나라 모두를 배신한 거지."

최 부장이 두 손을 깍지 낀 채 우리를 노려봤다. 하는 말을 보니 그는 진정한 애국자인 듯 보였다. 애국가가 흘러나오면 화장실에 있든 사우나에 있든 국기에 대한 경례를 날릴 것 같은 인물. 우리 셋은 입을 벌린 채 우리가 정녕 국가에 대한 반역자인지 생각했다.

"군인 출신이세요?"

말리가 최 부장에게 물었다.

"면제야. 천식이 심해서."

아니, 국가 예찬론을 장황하게 펼치더니 국방의 의무도 지지 않았다니! 적잖이 당황스러운 아저씨였다.

"그만둬. 저 애들은 내가 끌고 온 것뿐이야."

흰머리 남자가 말했다.

"우리는 톱니바퀴일 뿐입니다. 국가라는 거대한 기계를 돌아가게 만드는 톱니. 다른 자잘한 것도 있겠지만 본질은 그것입니다. 아이들은 그걸 모르죠. 그걸 배우면 이 아이들도 이해하게 될 겁니다. 당신과의 일은 유감이지만 우리는 결정을 내린 상태예요. 위에서 재가도 받았습니다."

"무슨 결정이지?"

최 부장은 주변에 서 있는 대머리 요원들을 한번 살폈다가 다시 흰머리 남자를 바라봤다.

"우리는 애초에 당신과 했던 약속을 파기할 겁니다. 그건 허황한 계획 같으니까."

"내가 한 약속……."

흰머리 남자가 되뇌었다.

"그렇죠. 그게 문제입니다. 당신이 기억을 못 하는데 어떻게 우리가 당신과 함께 지구의 운명을 바꿀 일을 해 나가겠습니까.

그럼 좀 설명해 보죠. 당신은 어느 날 우리 앞에 나타났습니다. 그리고 진보된 기술에 대해 설명했습니다. 기술 발전의 척도를 나타내는 카르다쇼프 척도에 따르면 우리 지구는 아직 1형에 머물러 있습니다. 정확히 말하면 0.7형 정도겠죠. 주변에서 다른 것들을 에너지 삼아 발전하는 수준입니다. 하지만 과거와 현재의 에너지 사용량을 비교하면 수백 배가 늘어났고, 미래에는 분명히 지금보다 더 큰 에너지가 필요하겠죠.

그러나 카르다쇼프 척도 2형과 3형은 우리가 사는 별을 넘어 우리은하를 에너지로 이용하고 더 나아가서는 우리은하 너머 광범위한 우주를 에너지로 이용할 수 있습니다. 눈부신 기술 발전이자 진보입니다.

그렇게 얻은 에너지로 우리는 더욱 발전하여 행성과 항성을 넘어 은하단과 우주 전체를 우리 문명의 손 아래 놓을 수 있습니다."

최 부장은 열의에 들떠 두 팔을 허공으로 올린 채 떠들었다. 실제로 그런 일이 가능하다고? 태양을 우리가 독차지한단 말이야? 난방비 걱정은 없겠군.

"내가 그런 제안을 했단 말이지……."

"그게 지금 이 사달의 시발점입니다. 당신이 기억을 못 한다는 것. 당신은 우리에게 이런 진보된 기술을 전수해 주는 대신 랩틸리언에게 북극을 넘길 것을 요구했습니다. 그게 우리의 약속이었죠.

하지만 모든 게 틀어져 버렸습니다. 당신의 놀라운 적응력은 인간의 질병까지 받아들였고, 먼 옛날 감기를 모르던 에스키모인이 유럽으로 건너와 죽고 만 것과 같은 일이 벌어진 겁니다. 알츠하이머에 걸려 기억이 사라지고 있던 당신은 우리를 속이고 최후의 수를 짜냈습니다.

우주로 돌아갈 방법이 없던 당신은 도메인의 우주선을 탈취해 도망치려 했겠지요. 당신이 고향으로 돌아갈 방법은 그게 유일했을 테니까요. 우리에게는 그 우주선이 기술 진보에 절대적으로 필요한 것이라 거짓말을 하면서요. 그리하여 우리는 선택할 수밖에 없었습니다."

뭐시라? 그럼 지난번에 아리 샘의 우주선을 빼앗으려 한 건 흰머리 남자가 자신의 처지를 알고 지구에서 도망치려고 벌인 짓이란 말이야?

아니, 자기 우주선은 엿 바꿔 먹었나 보군.

"우리는 눈부신 미래 기술을 손에 넣지 못할 바에야 웬만한 공격에도 다치지 않는 회복력과 뛰어난 운동 능력을 갖춘 당신의 신체에 관심을 가지게 됐습니다. 태호 씨, 우리가 당신의 강인한 신체의 비밀을 손에 넣게 된다면 우주로의 진출은 무리일지 몰라도 이 지구 안의 모든 것을 정복할 수 있습니다. 이른바 슈퍼 휴먼의 탄생입니다.

그것만 이루어진다면 우리는 더욱 강력한 나라가 되어 다른 나라들을 정복하고 지구를 하나로 만들 수 있습니다. 그렇게 되면 시간이 걸리기야 하겠지만 우주로 향하는 길도 밝힐 수 있겠죠……. 위원회는 당신의 몸을 해부해 연구에 이용하기로 했습니다.”

최 부장이 조용히 말했다.

사건의 전말이 밝혀지는 순간이었다. 그러니까 랩틸리언의 몸에 이상이 생겼으니 같이 지구를 나눠 먹으려던 계획은 취소하고, 대신 랩틸리언의 신체 능력을 손에 넣겠다는 것이었다.

이런, 젠장. 양심도 없는 놈들. 이야기를 다 듣고 나니 저 흰머리 남자가 가엽게 느껴졌다. 리희와 말리도 적잖이 충격을 받은 것 같았다.

“내 몸을 순순히 넘겨줄 것 같나? 비록 병들고 노쇠한 몸이지만 난 포기하고 싶지 않은데.”

흰머리 남자가 꿇었던 무릎을 펴고 자리에서 일어났다.

“물론 그렇겠지요. 그래서 이렇게 당신을 데려갈 요원들과 함께 온 겁니다. 시작해.”

최 부장이 손가락을 튕기자 주변에 서 있던 대머리 요원들이 일제히 달려들었다. 흰머리 남자는 저항하려 했지만 한꺼번에 덮치는 요원들의 완력에 완전히 무너져 몸이 바닥에 깔리고 말았다.

"아저씨!"

우리가 소리쳐 불렀지만, 흰머리 남자는 바닥에 몸이 눌린 채 옴짝달싹 못 했다. 다만 씩씩거리며 우리 쪽을 쳐다볼 뿐이었다. 우리가 무슨 수라도 내주길 바란다는 듯이.

이제 이야기는 여기까지인 듯 보였다. 우리에게는 뾰족한 수가 없었고, 외계인은 지구인에게 끌려가는 결말만이 남아 있었다.

그러나 흰머리 남자는 거친 숨을 내뱉으며 힘겹게 입을 열었다.

"이봐, 거기."

흰머리 남자는 여전히 우리 쪽을 보며 말했다.

"이제 그만하고 나 좀 도와주지."

"예?"

나는 남자의 말에 어리둥절해 반문했다.

"누구 말인가요?"

"너 말이야."

흰머리 남자가 리희를 보며 말했다.

"저요?"

"아니, 너 말고. 그 녀석."

흰머리 남자가 남은 힘을 모두 짜내 말했다. 그러자 리희가 안고 있는 검은 고양이 콩이의 눈에서 빛이 번쩍였다.

# TRACK 23

"좀 도와주지."

흰머리 남자가 말했다.

그러자 리희의 품에 안겨 있던 콩이의 눈이 번쩍였다. 계곡 주변이 밝게 빛났다. 사람들의 시선이 콩이에게로 쏠렸다.

"왓 더! 이건 또 무슨 일이야?"

"콩이 눈이 빛나고 있어!"

우리는 무슨 일이 벌어지고 있는지 알 수 없었다. 하천 주변을 어슬렁거리다 지나가는 사람들에게 머리를 비비며 먹을 것을 얻는 생명체에게 누가 신경을 쓸까. 하지만 콩이는 월드 투어를 도는 슈퍼스타처럼 우리의 이목을 집중시켰다.

"콩이야?"

콩이는 리희의 품에서 벗어나더니 놀랍게도 살짝 앞으로 날아 허공에 떠올랐다. 그 모습에 모두 놀랐지만 가장 놀란 것은 최 부장이었다.

"하하하! 이런, 정말 대단한 일이군요. 태호 씨, 당신이 전에 말했던 게 정말 현실에 존재하다니."

그는 뭔가 대단한 걸 발견한 사람처럼 기쁨과 흥분에 들떠 있었다. 물론 우리도 놀라긴 마찬가지였다. 날아다니는 고양이를 살면서 언제 보겠는가. 이 길고양이가 특별한 고양이라는 건 분명했다. 나는 이제까지 콩이를 괴롭힌 적이 있나 되돌아봤다.

"나를 알아봤군요."

콩이가 공중에 뜬 채 말했다.

그러나 콩이의 입이 벌어지거나 움직이지는 않았다. 그것은 머릿속을 통해 곧바로 전달되는 소리였다. 어떻게 그런 일이 가능하냐고 묻지 말자. 하늘을 나는 고양이 앞에서 무슨 일인들 못 일어나겠는가.

하여간 귀가 아니라 우리 머릿속에서 콩이의 목소리가 들려오는 건 확실했다. 〈포켓몬스터〉에 나오는 로켓단 냐옹이같이 귀여운 목소리였다. 말리는 콩이의 목소리가 조승우 같다고 했고, 리희는 외삼촌 같다고 하는 걸 보니 듣는 사람 마음대로인가 보다.

"그래, 아까부터 눈치채고 있었지. 우리는 서로의 파동을 느낄 수 있으니까. 처음에 이 애들과 만난 곳에서 한 번, 그리고 아까 자동차가 구를 때 또다시 느껴졌지. 아무리 생각해도 이 중에 외계 생물은 너밖에 없더군."

흰머리 남자가 말했다.

"후후, 그렇군요. 역시 렙틸리언들은 감각이 예민해요."

콩이가 말했다.

"아하하. 이거 잘됐군요. 이렇게 또 하나의 외계인을 만나다니. 당신도 우리와 미래에 관한 이야기를 함께 나눌 수 있겠군요."

최 부장이 콩이에게 한 발 다가서며 말했다. 그는 두 팔을 벌리고 만면에 미소를 지었다.

"이야기?"

"네. 발전적이며 상생할 수 있는, 더 나아가 아직 원시적 형태에서 벗어나지 못한 이 지구를 바꿀 생산적인 미래에 대해 말입니다."

최 부장은 정말 야망 있는 사람 같았다. 명절이 다가오면 윗사람 집에 찾아가 인사와 함께 하얀 봉투를 건넬 것 같은 사람.

"그렇군요. 하지만 제 대답은…… 이것입니다."

콩이가 최 부장에게 차가운 목소리로 대꾸했다. 그 대답이 무엇인지는 바로 알 수 있었다. 콩이의 말이 끝나기 무섭게 어둡던 하늘 저 끝에서 번쩍이는 섬광이 우리가 서 있는 곳까지 엄청난 속도로 날아왔다. 거대한 구체가 밝은 빛을 내며 우리 머리 위에 떠 있었다. 그것은 빛뿐만 아니라 어떤 힘을 내는 듯 말리와 나, 리희를 제외한 모두가 그 힘에 눌려 바닥에 엎어졌다.

"어, 뭐지?"

주변 상황에 어리둥절해진 내가 말했다.

"와이? 우리 빼고 몰래카메라라도 찍나?"

"사람들이 왜 저러는 거야? 전에도 이런 적 있어?"

말리와 리희도 이 상황을 이해하진 못했다.

힘에 눌린 사람들은 전기구이 쥐포처럼 바닥에 붙은 채 꼼짝을 못 했다. 물론 대머리 요원들을 비롯해 모두 일어서려고 발버둥 치는 것이 보였지만, 변기에서 일어나지 못하는 변비 환자들처럼 인상을 쓰며 바닥에 찰싹 달라붙어 있을 뿐이었다.

"나는 도메인 연합의 감찰자 '요르'입니다. 우리는 우주의 균형을 수호하는 임무를 맡고 있습니다. 당신들 말로 법 집행관 정도가 적당할까요? 당신 입으로 말한 그런 일을 저지르기 위해 제가 존재합니다. 그리하여 우리가 나눌 이야기는 없습니다."

콩이는 도도한 표정으로 최 부장을 바라봤다. 콩이, 아니, 요르는 그가 하려는 짓이 옳지 않다고 판단한 것 같았다.

"크흑. 잠깐…… 더 이야기를……."

최 부장은 몸을 움찔거리며 여전히 어떤 희망을 품은 듯 자신의 의사를 전하려 했지만 요르는 그걸 허락하지 않았다.

"됐습니다. 이야기는 필요 없습니다. 저는 아까 말했듯 우주의 균형을 수호하는 임무를 지고 있습니다. 문명과 문명의 간섭과 그에 따른 침략과 전쟁을 조정합니다. 이번처럼 비정상적인 기술 이전과 이종 간의 공모도 해당합니다.

지구에는 약간 문제가 있었습니다. 랩틸리언이 지구인과 모종의 계약을 맺어 우리는 우주적 조정이 필요하다는 판단을 내렸습니다."

요르가 말했다.

"그럼 넌 진짜 고양이야? 강력한 힘이 있는데도 그 양아치들에게 당할 뻔한 거야?"

리희가 요르에게 물었다.

"이건 제 본모습이 아닙니다. 개인적 취향으로 이 고양이의 신체를 잠깐 빌렸을 뿐이죠. 새로운 별은 언제나 탐구의 기쁨을 줍니다. 이런 미개한 별은 더더욱 흥미롭습니다. 발전 과정을 가까이서 관찰할 수 있으니 연구 자료로서 가치가 있는 별이지요. 아마 우리의 별도 아주 먼 과거에는 같은 시기를 겪었겠지요.

나는 당신을 좋아해요. 당신은 나의 생명을 구하기 위해 용기를 냈습니다. 물론 나를 살려 준 것이라기보다 털 달린 하등 생물을 구한 것이겠지만, 내게는 똑같은 감동이었습니다. 당신이 아니었다면 그 아이들은 물방울로 변했을 겁니다."

요르가 리희를 보며 웃었다.

정말 어이가 없는 일이다. 내가 이 이상하고 엄청난 모험을 책으로 쓴다면 사람들은 콧방귀를 뀌며 개뻥이라고 생각할 것이다. 어쨌든 우리가 대머리 요원들처럼 바닥에 붙어 있지 않은 건 다행이었다. 적어도 요르는 우리를 적으로 보지 않는 듯했다.

"이제 이야기를 정리해 보죠."

요르는 흰머리 남자에게 시선을 돌렸다. 그 역시 바닥에 붙어 움직이지 못하는 채로 요르를 봤다.

"당신은 랩틸리언이며, 도메인 연합에 소속된 '마우가나타' 종족입니다. 도메인 우주 조항을 위반해 지구인과 내통한 혐의와 도메인 소속 연구원을 공격한 혐의가 있습니다. 인정하나요?"

"그래, 그랬지."

흰머리 남자가 말했다.

"그렇다면 저와 함께 도메인 연합으로 돌아갈 것입니다. 그리고 당신이 저지른 죄에 대한 처벌을 받게 될 것입니다. 동의하나요?"

이런. 결국 흰머리 남자는 자신의 별에 체포되어 돌아가는 것 같았다. 미운 정이라도 들었는데 조금 안타까운 마음이었다.

"그래, 알겠어. 어찌 되든 좋으니 이 지긋지긋한 곳을 떠날 수만 있다면 뭐든지 하겠어."

흰머리 남자가 말했다.

지구가 마치 무시무시한 지옥이라도 되는 듯 이야기하니 살고 있는 나로서는 조금 그랬다.

"좋습니다. 그럼 지금 이 시간부로 당신을 체포하겠습니다. 물론 치료도 병행할 것입니다. 지구의 병원균을 가지고 갈 수는 없으니까요."

요르가 말했다.

이제 우리는 이 모든 상황을 이해했다. 앞으로 벌어질 일도 예상할 수 있었다. 외계의 조정자 요르가 흰머리 남자를 데리고 다시 우주로 떠날 것이다. 우리 머리 위에 밝게 빛나는 동그란 우주선을 타고서.

"당신에게 감사 인사를 하고 싶군요. 리희 양, 당신이 내게 보여 준 애정을 깊이 간직하겠습니다.

지구는 최근 들어 방사능이 증가하는 등 여러 가지 문제가 있지요. 주의 관찰 중입니다. 일각에서는 지구를 폐기하자는 목소리도 나오고 있습니다. 인간이 과연 발전된 과학 기술을 제대로 사용할지 의문이라는 게 폐기론자들의 목소리입니다. 하지만 저는 관찰 중입니다. 조정자로서 여러 가지 사항에 신경 쓰고 있습니다. 당신과 당신 친구들처럼 지구의 어두운 면을 상쇄시키는 사람들이 존재하는 한 말입니다."

요르가 리희와 눈을 맞추고 이야기했다.

"아, 그렇게 생각한다면 고마워. 나도 네 덕분에 좋은 친구들이 생긴 것 같아."

리희가 나와 말리를 쳐다봤다.

무언가를 생각하는 듯하던 요르가 허공에서 리희 곁으로 다가왔다. 그러더니 그 애 무릎께로 내려가 커다란 지네 같은 상처를 핥았다.

"제가 드리는 작은 선물입니다. 당신의 상처가 완화될 겁니다."

요르가 핥고 나니 리희의 무릎에 있던 수술 자국이 약간 희미해졌다.

"요, 고양이 브로. 그럼 우리는 어떻게 되는 거야?"

말리가 물었다.

"맞아. 우리는 저 아저씨가 말한 것처럼 지구에서 외계인을 도운…… 그러니까 뭔가 큰 반역죄를 지은 게 되잖아."

아까부터 하던 걱정이었다. 요르야 휙 하고 떠나면 그만이지만 남겨진 우리는 관타나모 행이다. 그렇게 되면 우린 감시만 받던 지난날과 달리 정말로 감옥에 가야 했다. 요르가 적어도 저 최 부장이라는 사람에게 잘 말해 주면 좋을 것 같았다.

"흥, 이 녀석들. 어딜 빠져나가려고. 이 일은 그냥 넘기지 않을 테다. 국가를 배신하고도 무사할 줄 알아? 인간을 배신하고 외계인을 도운 네놈들을 가만둘 것 같아!"

최 부장이 악에 받쳐 소리쳤다.

"걱정하지 마세요. 지금 이곳에서 벌어진 일은 저 사람들의 기억에서 사라질 겁니다. 아무것도 기억하지 못할 거예요. 그러니까 당신들은 더 이상 저들과 연관될 일이 없습니다.”

멋쟁이 고양이 요르가 그렇게 말하니 안심이 됐다. 리희는 요르의 목과 머리를 쓰다듬어 주었다.

“난 네가 우주인인 줄도 몰랐어. 그런데 이렇게 늠름한 우주 고양이라니. 우릴 도와줘서 고마워, 요르.”

리희가 속삭였다.

“나도 마찬가지입니다. 당신은 내가 만난 지구인 중 가장 인상적인 인간입니다. 당신 내면에 있는 좌절은 극복될 겁니다.”

요르는 다시 공중으로 떠올라 리희와 눈을 맞췄다. 우주의 광대함을 축소해 놓은 듯 녀석의 크고 반짝이는 초록색 눈이 일렁였다.

“요, 고양이 브로. 나도 소원이 있어.”

갑자기 말리가 외쳤다.

“고양이 브로. 난 세계적인 힙합 뮤지션이 되고 싶어. 유남생?”

저건 또 뭔 소리란 말인가? 자다가 봉창 두드리는 것도 아니고 말리는 자기 소원을 요르에게 빌었다. 저런 멍청한 녀석. 그런 걸 빈다고 외계 고양이가 무조건 소원을 들어주냔 말이다.

“그렇게 될 겁니다.”

요르가 웃으며 말했다.

“자, 잠깐! 나도! 나도 세계적인 영화감독이 되고 싶어.”

내가 다급하게 외쳤다.

밑져야 본전이다. 지니에게 소원을 빌듯 나도 다급하게 말리를 따라 했다.

"당신도 그렇게 될 겁니다. 대신 거기에 따르는 노력을 한다면…… 아마 될 겁니다. 그리고 하나 더 이룰 수 있게 해 주지요."

이런 넉넉한 인심의 고양이 같으니. 1+1 행사인가? 마다할 이유가 없었다.

"그게 뭔데?"

"후후후. 비밀입니다. 곧 알게 되겠죠."

"그럼 한 가지만 더 물어봐도 돼?"

내 말에 요르가 배시시 웃었다. 허락의 뜻 같아 보여 내가 물었다.

"아리 샘은 잘 있어?"

"당신이 말한 아리 샘이라는 분은 얼마 전 지구에서 귀환한 도메인 연구원을 말하는 것인가요? 그렇다면 그녀는 잘 있습니다."

그래, 그렇구나. 나는 더는 질문하지 않았다. 여기서 더 깊이 파고든다고 해서 바뀔 것도 없었다. 아리 샘이 잘 지낸다는 사실을 알게 된 것만으로도 감사했다. 요르의 말에 가슴 한편의 답답함이 뚫린 듯 시원했다.

이렇게 우리의 훈훈한 분위기와 달리 바닥에 붙어 있던 사람들은 끙끙대며 오만상을 지었다. 그들이 쥐포처럼 땅바닥에 눌어붙어 있는 게 힘겨워 보였으므로 요르는 그만 떠날 것을 선포했다.

"그럼 이제 저는 랩틸리언과 도메인 연합으로 가 볼까 합니다. 그동안 당신들과 재미있는 추억을 쌓을 수 있어 좋았습니다. 부디 지구인들은 자신의 본성을 잃지 않도록 노력해 주기 바랍니다."

요르는 이 말을 남기고 눈을 감았다.

뒤이어 우리 머리 위에 떠 있는 우주선에서 요르를 향해 원형 기둥이 내려왔다.

땅에 내려앉은 고양이의 등이 꿈틀거리더니 무언가 빠져나와 그 원기둥을 따라 움직였다. 그것은 아주 덩치가 작고 머리는 큰 외계인이었는데 눈이 크고 검었다. 반짝이는 보라색 타이츠를 입은 외계인은 공중에 떠올라서 빛나는 우주선을 향해 올라갔다.

"저게 요르의 진짜 모습이구나."

리희가 떠나는 요르를 보고 말했다.

"외계인 브로, 굿바이."

나와 말리는 점차 멀어지는 외계인을 향해 손을 흔들었다. 우리 옆에 있던 흰머리 남자의 몸도 요르를 따라 공중으로 떠오르기 시작했다.

"요르, 저 아저씨 잘 부탁해. 저 아저씨도 그렇게 나쁜 사람은 아니었어. 너무 심한 벌은 받지 않게 도와줘."

리희가 외쳤다.

그 말을 들은 흰머리 남자는 큭, 하고 코웃음을 쳤다. 그는 뭔가 오묘한 표정으로 우리를 쳐다봤다.

"아저씨, 부디 치료 잘 받고 건강하세요. 그리고 만나서 반가웠어요. 비록 좋은 관계는 아니었지만 그래도 아저씨가 싫지는 않았어요."

내가 소리쳤다.

"요, 맨. 나도 아저씨 좋았어요. 양아치들 따귀 때릴 때 내가 다 시원했다니까요. 유남생?"

말리도 원기둥을 따라 올라가는 흰머리 남자를 향해 소리쳤다. 그러나 흰머리 남자는 끝내 우리에게 한마디도 남기지 않고 요르를 따라가 버렸다. 아마 그도 걱정된 모양이다. 그가 돌아갈 곳은 우주 감옥 같은 곳일 수 있으니까. 우리는 흰머리 남자가 되도록 적은 형벌을 받기를 빌었다. 호두도 잘 챙겨 먹기를.

마침내 요르와 흰머리 남자가 완전히 자취를 감췄다. 둘의 모습이 사라지자 어디선가 돌풍이 불어와 우리 주변을 감쌌다. 마지막으로 강렬한 빛이 한 번 빵! 하고 반짝이더니 거대한 빛의 덩어리는 눈 깜짝할 새에 하늘 높이 치솟았다. 그러고는 밤하늘에 밝게 빛나는 수많은 별 사이로 섞여 모습을 감춰 버렸다. 우리는 우주선이 어디로 갔는지 찾아보려 했으나 별이 너무 많아 찾을 수 없었다.

주변을 돌아보니 계곡은 유유히 흐르고 있었다. 대머리 요원들과 최 부장은 눈을 감은 채 죽은 듯 쓰러져 있었다. 그들이 깨어나기 전에 서둘러 퇴장해야 할 것 같았다.

"산을 내려가 볼까?"

내가 말했다.

"올 라잇! 브로, 여기서 더는 지체하고 싶지 않아. 너무 지쳤어. 아까 노래 부르는 데 에너지를 너무 많이 썼어. 유남생?"

코가 통통 부은 말리가 웃으며 말했다.

"이리 와, 콩이야."

리희는 요르가 빠져나간 콩이를 바닥에서 안아 들었다. 검은 고양이 콩이는 그간 무슨 일이 벌어졌는지 몰라 어리둥절해 큰 눈을 굴렸다. 그런 콩이를 리희가 살살 달랬다.

"자, 이제 내려가자."

우리는 불빛이 반짝이는 도로를 향해 걸었다.

# TRACK 24

다시 햇살이 빛났다. 새로운 아침을 맞자 우리가 어제 겪은 모든 일은 길고 짓궂은 악몽인 것만 같은 기분이 들었다. 교실에 앉아 수업을 들으며 바람에 나부끼는 커튼을 바라보고 있다는 게 믿기지 않았다.

그날 밤 우리는 도로변을 걷다 지나가는 택시를 겨우 잡아 타고 시내로 돌아올 수 있었다. 차 안에서 말리와 리희는 신나게 수다를 떨었다. 말리는 리희에게 아리 샘과 나 사이의 일을 이야기했다.

"우리 브로가 굉장히 사랑한 아리 샘이 외계인이었다, 이거지. 유남생?"

"야, 그 얘기는 왜 해!"

저놈의 입방정. 내가 화를 냈지만 말리는 들은 척도 않았다. 리희는 놀라서 두 눈을 동그랗게 뜬 채 말리와 이야기를 나눴다. 둘은 쿵짝이 잘 맞아 이야기꽃을 피웠지만 둘의 다정한 모습을 볼수록 나는 왠지 침울한 기분이 들었다. 지하철역에 도착해서 택시에서 내리니 열 시 50분이었다.

"준호야."

리희가 지하철역 출구에서 나를 불렀다.

"왜?"

"내일 학교에서 보자."

그래, 우리에게는 내일이 있구나. 지겹고도 긴 시간이 켜켜이 남아 있다. 그러나 리희가 건넨 말 덕분에 오늘의 피곤하고 지친 마음을 추스를 수 있었다. 나는 리희를 잠깐 바라보다가 뒤돌아섰다.

리희는 지하철역 안으로 사라졌다. 말리와 리희는 헤어지기 전에 핸드폰 번호를 교환했다. 우리 집과 말리네 집은 800미터 정도 떨어져 있어 같은 방향으로 걸었다.

"브로, 이번에도 무사히 살아남았어. 유남생?"

"그래, 운이 좋았지. 저번에도 그렇고, 이번에도 그렇고. 복권이라도 사야 하나?"

"즐거운 모험이었지. 8기통 캐딜락도 운전했다고. 완전 〈매드맥스〉 저리 가라였잖아. 브로, 우린 엄청난 모험을 한 거야! 실감이 나냐고? 아이씨, 요르랑 사진 찍는 걸 까먹었네. 하여간 브로는 이 모험에서 많은 영감을 받을 것 같아. 영화 만들 때 써먹으면 좋잖아. 그리고 내가 〈전국노래자랑〉이라는 큰 무대에서 데뷔를 하다니! 우리 둘 다에게 멋진 경험이야. 작곡할 때도 도움이 되겠어. 그것만이 아니야. 좋은 친구도 한 명 생겼잖아. 유남생?"

리희를 두고 하는 말 같았다. 나는 말없이 고개를 끄덕이며 상점가를 지나쳤다. 사람들은 작은 가게에 삼삼오오 모여 이야기를 나누고 있었다. 비루하게 걸어가는 우리가 조금 전 외계인과 조우했다는 걸 저 사람들은 알까.

"브로, 나 베이비 걸이 좋아."

말리가 뜬금없이 말했다.

나는 심드렁하게 그러냐, 라고 대꾸했다. 하지만 말리의 말을 듣고 나니 심장 박동이 빨라지는 게 느껴졌다.

"예, 브로. 베이비 걸은 참 강직하면서도 순수한 뷰티풀 걸이란 말이지. 그거 봤어? 양아치들 앞에서도 당당하고, 또 무대에서는 아주 블링블링했잖아. 나 그때 살짝 반한 거 같아. 그런 애는 어디 가서 쉽게 만나지 못할 거야. 그래서 조만간 그 애와 심도 있는 이야기를 좀 나눠야겠어. 유남생, 브로?"

"난 좀 이상한 거 같던데. 걔 너무 잘난 체하지 않아? 난 그 런 타입은 좀 별로야. 코도 크고."

내가 말했다. 말하면서도 이건 아니지 않나 하는 생각이 들 었다.

"예스, 예스. 딱 좋아. 난 혹시라도 브로가 베이비 걸을 마음 에 둘까 봐 걱정했다고. 유남생? 그럼 이제 맘 놓고 직진해도 되겠군!"

말리가 신나서 머리통을 휙휙 흔들어 젖혔다. 코가 잔뜩 휘 어 퉁퉁 부은 말리의 얼굴은 코믹함 그 자체였다. 기왕 이렇 게 된 거 내가 한 말처럼 코를 지난번보다 더 높여 보겠다고 했다. 말리가 흥에 겨워 떠드는 걸 듣고 있자니 무엇에 심통이 났는지 심사가 꼬일 대로 꼬여서 집에 간다고 말하곤 걸음을 옮겼다.

"오, 브로. 편의점 가서 음료나 하나 따고 가지. 이 밤의 모험 을 함께 나누자고. 유남생?"

"너 코 부었거든. 얼른 병원이나 가 봐."

말리가 뒤에서 불렀지만 무시하고 집으로 향했다.

열한 시가 넘어 현관문을 열고 집에 들어갔더니 엄마가 팔 짱을 낀 채 나를 기다리고 있었다. 아마 오늘 빼먹은 영어 학 원 때문일 것이다. 그러나 엄마는 문을 열고 들어오는 내 몰골 을 보고 흠칫 놀라더니 팔짱을 스르르 풀었다.

"뭐야? 너 왜 그래? 준호야, 무슨 일 있었어?"

내 분위기가 심상치 않은 걸 느낀 엄마가 물었지만, 나는 피곤하다며 그대로 방으로 들어왔다. 엄마는 지난번 가출 사건을 떠올렸는지 나를 더 다그치지 못했다.

진짜 무진장 피곤하기도 했다. 오늘 아침부터 지금까지 쉬지 않고 움직였으니……. 하루 동안 너무 많은 일이 일어났다. 불을 끄고 침대 위로 엎어졌다. 그리고 내 안에 남은 이 찜찜함이 뭔지 생각해 봤다.

모든 일은 잘 풀렸다. 흰머리 남자는 자신의 별로 돌아갔다. 물론 옥살이는 좀 하겠지만, 그가 걸린 병은 치료되었으니 다행이다. 최 부장이라는 남자도 우리에게 해코지하지 못할 것이다. 기억이 지워졌으니까. 말리는 〈전국노래자랑〉에 나갔고, 산책로의 양아치들도 물리쳤다. 모든 게 해피 엔딩을 향해 가고 있는 마당에 나는 왜 안절부절못하는 걸까. 침대에 누워 이불을 머리끝까지 뒤집어쓰자 새카만 암흑 속에서 리희의 얼굴이 떠올랐다.

그때 엄마가 노크하고 들어오더니 침대 옆에 앉았다.

# TRACK 25

수업이 끝나 나는 가방을 메고 정문으로 걸어갔다. 주말의 모험으로 온몸이 뻐근하고 쑤셨다. 운동장을 터덜터덜 가로지르는데, 누군가 뒤에서 쌩 달려왔다. 나를 지나쳐 가는가 싶더니 앞에 멈춰 섰다.

"기다리고 있었어."

리희가 내 앞에 서서 웃고 있었다. 그러더니 돌아서서 운동장 끝 화단까지 달려갔다가 거기서 다시 내 앞으로 달려왔다.

"이거 봐. 이제 이렇게 달려도 무릎이 안 아파. 콩이가 핥아준 게 정말 효과가 있나 봐."

리희는 활짝 웃으며 말했다.

"그래, 다행이네."

내가 말했다.

"어째 표정이 이상하다? 넌 별로 기쁘지 않은가 봐."

리희가 뚱한 내 표정을 보고 말했다.

여전히 두꺼운 뿔테 안경에 머리는 질끈 묶어 늘어뜨리고 있었다. 촌스럽다면 촌스러운 스타일이다. 그런데 그 촌스러움이 더는 중요한 문제가 아니었다. 우리는 어제 있었던 일을 이야기하며 교문까지 걸어갔다.

교문을 벗어나는데 아현 샘이 걸어 나오는 게 보였다. 화사한 노란 원피스를 입은 아현 샘은 산들바람을 맞으며 주차장으로 걸어갔다. 노란색 원피스를 보자 뭔가 뭉클했다. 통통 튀듯이 경쾌하게 걷던 아현 샘은 어떤 차를 발견하곤 활짝 웃었다.

그녀가 향한 차에는 젊은 남자가 타고 있었다. 아현 샘은 자연스럽게 조수석에 올라타더니 그 남자와 웃으며 뭔가 이야기를 나눴다. 이내 시동이 걸리고 차가 움직였다. 아현 샘이 탄 차는 내가 서 있는 교문을 지나쳐 시야에서 서서히 멀어졌다.

"저 선생님이야?"

리희는 내가 떠나가는 차를 멍하니 바라보는 걸 보고 말했다.

"어, 맞아."

"음, 그렇구나."

리희는 알 듯 모를 듯한 어투로 말했다.

우리는 잠시 말없이 길을 걸었다. 아현 샘의 차가 떠나간 뒤로 리희도 말이 없어졌다. 언덕길을 내려가는데 문득 리희에게 확인하고 싶은 것이 떠올랐다.

"말리가 무슨 말 안 했어?"

내가 물었다.

"어, 어제 전화 오긴 했었지. 걔 진짜 웃겨. 통화하는 내내 배꼽 빠지는 줄 알았어. 자기가 힙합의 제왕이 될 거라나? 그럼 같이 요트를 빌려서 회 파티를 하자고 그러더라. 걔는 래퍼보다 코미디언이 더 잘 어울리는 거 같아."

"다른 얘긴 없었어?"

"음, 취향에 관한 이야기를 좀 나눴지. 왜, 짜장이 좋은지 짬뽕이 좋은지 셋 세고 말하기 같은 거."

충분히 말리다운 짓이다. 녀석은 리희와 가까워지기 위해 그런 유치한 짓거리도 불사할 것이다.

"나랑도 해."

무슨 생각으로 그랬는지 모르겠지만, 내가 리희에게 말했다. 리희는 이놈들이 단체로 왜 이러나 하는 표정으로 나를 잠깐 쳐다봤다. 코가 크다. 그래도 상관없다.

"그래, 알았어. 뭐, 해 보자."

리희의 말에 나는 고개를 끄덕였다. 심장이 조금씩 빨리 뛰는 게 느껴졌다. 늦여름 햇살이 우리 둘을 비추고 있다. 리희의 안경 속 커다란 눈이 햇살을 받아 반짝였다. 강한 빛 아래에서 음영이 진 큰 코와 도톰한 입술이 입체적으로 보였다.

"그럼 시작한다. 흐린 날, 맑은 날."

리희가 말한 뒤 하나 둘 셋을 외쳤다.

"흐린 날."

"맑, 흐린 날."

내가 말했다. 젠장.

리희는 응? 하는 표정으로 나를 바라봤다. 반칙은 안 된다는 듯 눈에 힘을 줬다.

"좋아. 그럼 파스타, 제육. 하나 둘 셋."

"파스타."

"제, 스타."

이번에도 틀렸다.

"뭐야? 너 지금 장난치는 거지."

리희가 정색했지만 나는 그 표정도 싫지 않았다.

"야, 한 번만 더 해 보자."

내 말에 리희는 한숨을 쉬더니 알겠다고 했다.

"자, 마지막이야. 로마, 파리. 하나 둘 셋."

"파리."

"너."

내가 말했다.

"뭐?"

"좋아해."

뇌라는 건 참 이상한 녀석이다. 흰머리 남자가 예전에 내 머리를 호두처럼 으깨 버리겠다고 했을 때처럼, 뭔가 입력을 받으면 끊임없이 떠올린다. 아니라고 도리질해도 뇌는 그 답을 알고 있다는 듯 자신만의 길을 떠난다.

나의 경우에도 마찬가지였다. 나는 리희가 예쁘지도 않고 매력적이지도 않아서 좋아하게 될 일은 절대 없을 거라고 생각했다. 그러나 그건 내가 어쩔 수 없는 일이었다. 우리를 위해 준용이 무리 앞에 나서던 모습, 무대 위에서 머리를 풀고 춤을 추던 모습, 콩이를 다정하게 대하던 모습, 흰머리 남자를 걱정해 주던 모습까지 전부 떠올랐다. 인정해야 했다. 나는 나도 모르는 사이에 리희를 좋아하게 됐다.

"진짜야. 나 너 좋아해. 나도 이렇게 말하는데 엄청 놀랐어. 외계인이건 우주건 난 잘 모르겠어. 우주는 지구 바깥에만 존재하는 게 아닐지도 몰라. 우리의 내면에도 우주는 존재하고 수많은 가능성과 이야기가 있어. 그리고 나는 내 안에 간직한 우주에 솔직해지고 싶어.

우린 놀라운 모험을 했지. 하지만 그게 다가 아니었어. 나에게 뭔가 채워지지 않는 게 있었어. 세상이란 알 수 없는 일투성이인 거 같아. 그 와중에 깨달은 건 내가 너를 좋아한다는 거야."

나는 〈제리 맥과이어〉의 마지막 대사를 흉내 내 말했다. 유 컴플리트 미, 라고까지는 못 했지만.

리희는 놀라서 입을 벌린 채 나를 보고 있었다. 뺨이 조금씩 붉어지는 게 보였다. 아, 설마? 생각하는 순간. 리희가 다리를 획 하고 움직여 그대로 로우 킥을 날렸다.

"악!"

불시에 당한 기습 공격으로 나는 무릎이 꺾여 주저앉고 말 았다. 이 얼마나 꼴사나운 장면인가. 고2 남학생이 여자에게 로우 킥을 맞고 길거리에서 자빠지다니. 더군다나 버스 정류 장 앞이었다. 지나가던 혹은 버스를 기다리던 사람들이 우리 를 쳐다봤다.

"야, 너 뭐야?"

나는 손으로 무릎을 쓸며 일어섰다. 그러나 리희는 저만치 달려가고 있었다. 지나가던 승용차에서 어떤 아저씨가 "야, 인 마. 힘내!"라고 소리쳤다. 무슨 뜻인지 모르겠지만 맞는 말이 다. 나는 여자에게 로우 킥을 맞은 남자니까. 이것은 명백한 거 절이었다. 약간 창피하기도 하고 실망스럽기도 했다. 점점 멀 어지던 리희는 달리다 멈춰 획 돌아섰다.

"나 잡아 봐. 그럼 생각해 볼게."

리희가 외쳤다.

지나가던 사람들과 우리 학교 교복을 입은 애들이 킥킥대며 쳐다봤다.

"뭐?"

"뛰어서 나 잡아 보라고. 그럼 너랑 사귈게."

리희가 외쳤다.

의외로 목소리가 커서 주변에 다 들렸다. 그 말을 들은 사람들이 일제히 나를 쳐다봤다. 내가 어떤 선택을 할지 궁금해하며 자기들끼리 소곤대는 것 같았다.

그때 누군가 뒤에서 "달려, 인마. 달리라고!" 외치는 소리가 들렸다. 그 소리는 출발을 알리는 총소리였다. 나는 저만치 앞에 있는 리희를 향해 뛰어가기 시작했다. 그러자 우리 이야기를 듣고 있던 사람들이 박수를 치고 휘파람을 불었다. 마라톤 결승점을 통과하는 기분이 들었다. 그렇지만 나의 결승점은 내가 달리는 걸 보더니 뒤로 휙 돌아 달아나기 시작했다.

리희는 200미터 단거리 육상 선수 출신이다. 피부는 까무잡잡하고, 큰 눈에는 늘 뿔테 안경을 쓰고 있고, 코가 매우 크다. 코주부 안경을 쓴 것 같은 모습이지만 그것이 저 애의 모든 건 아니었다.

단거리 선출답게 그 애가 뛰는 속도는 어마어마하게 빨랐다. 나야 알다시피 저질 체력에 달리다가 항상 누군가에게 잡히는 존재였다. 리희는 등에 가방을 메고 있는데도 엄청난 속도로 상점가를 지났다. 이제 아파트 옹벽이 있는 내리막길을 뛰어 내려가고 있었다. 가로수 그림자를 뚫고 리희가 달려간다. 나는 최선을 다해 뒤따라 달렸다. 아리 샘이 한 말처럼 인간이 할 수 있는 최선을 두 다리에 담아 달렸다.

아리 샘과 함께했던 아름다운 시간. 사실 그리 아름답지 않을 수도 있는 일이지만 내게는 다른 무엇과도 바꿀 수 없는 멋진 일이었다. 그 이유를 생각해 보니 그건 내가 그 시간을 꿈꾸듯 즐겼기 때문이다. 어른들 기준으로 나는 아직 세상을 모른다. 세상을 모르기 때문에 상상하고 꿈꾸며 떠올릴 수 있었다. 그저 누군가 정해 놓은 가이드 라인을 따라가는 것이 아니었다. 좋은 기억은 과거에 있다. 하지만 과거만 회상하며 삶을 살아갈 순 없다. 나는 나만의 이야기를 만들어야 할 때다. 지구를 스치듯 떠나간 외계인과의 추억은 가슴이 고이 묻고 내가 만들어 갈 이야기를 해야 했다.

그러나 이런 와중에도 숨이 가빠 오는 건 어쩔 수 없다. 리희는 육상 선수로서 많은 날을 달리며 몸 안에 새긴 리듬과 체력과 경험이 존재한다. 이건 사실 운동선수다운 거절법 같은 게 아닐까 싶었다.

그러나 나는 포기하기 싫었다. 내 심장과 폐가 '그만둬, 세상에 여자는 포레스트 검프 말고도 많잖아.'라고 소리치고 있었다.

'아니, 그렇지 않아. 난 리희를……'

나는 내 머릿속에서 들려오는 부정적인 이야기에 맞섰다.

그래. 오늘은 누군가, 혹은 외계인의 도움 없이 내가 하고자 하는 것을 위해 모든 것을 쏟아부을 것이다.

리희의 달리기 속도는 전혀 줄지 않았다. 이제 우리가 처음, 아니, 두 번째로 만난 천변의 산책로로 접어들었다. 나는 숨을 헐떡거리면서도 그 애에게 멈추라고 말하지 않았다. 구름다리 아래를 달려가고 있을 때 목에 깁스를 하고 있는 준용이가 보였다. 준용이는 나를 보고 눈이 커졌다.

"야, 니네 삼촌 잘 계시냐? 언제 인사 한번 드리러 가도 될까? 어떻게 그렇게 싸움을 잘하시냐. 형님으로 모시고 싶은데!"

의외로 준용이가 웃으며 소리쳤다.

나는 달리면서 고개를 끄덕였다.

"언니, 어쩜 그렇게 빨리 달려. 그거 다이어트에 도움 되면 언제 나도 같이 달려!"

준용이와 함께 있던 분홍색 머리 여자애가 말했다. 준용이 일행은 뭐가 좋은지 싱글벙글거리며 우리를 바라봤다. 리희와 나는 구름다리를 지나쳐 계속 달렸다.

핸드폰에서 메시지 수신음이 울렸다. 말리에게서 온 메시지였다.

'요, 브로. 지금 병원에 와 있어. 코에 보형물을 바꿔 넣어야 한다네? 브로도 알겠지만 내 코가 더 멋져질 예정이지. 유남생? 아 참, 어제 내 SNS에 놀랄 만한 일이 벌어졌어. 〈전국노래자랑〉을 보고 수많은 뷰티걸들이 디엠을 보냈더라고. 유 노 아민? 사람들이 미래의 스타를 알아본 것 같아. 거기에 기획사 사장 딸도 있더라고, 넴!

그리고 또 할 말이 있는데……. 어제 베이비 걸이랑 잠깐 얘기했는데……. 걔는 내가 좋긴 한데 친구로서 좋다고 젠틀리하게 말하더군. 내 생각에 베이비 걸은 브로에게 뭔가 할 말이 있는 눈치 같아. 유 남생? 그럼 곧 더 멋진 코로 다시 만나자구. 피스!'

말리의 메시지를 확인한 나는 휴대폰을 다시 주머니에 집어넣었다.

리희는 여전히 산책로를 달리고 있다. 설마 한강까지 달릴 생각인가? 한계에 다다랐는지 다리가 한없이 무거웠다. 이마는 이미 땀으로 흥건했다.

어젯밤 엄마가 내 침대에 다가와 한 말이 떠올랐다.

"준호야, 자니? 이번엔 무슨 일인 거야? 엄마가 너를 힘들게 했어? 무슨 말 좀 해 봐. 엄마 때문에 화난 거야?

준호야, 때로는 인생이 어떤 의미를 지니는지 도저히 알 수 없을 때가 있을 거야. 이런 이야기를 듣기 싫을지도 모르겠어. 왜 살아야 하고, 왜 배워야 하고, 왜 고통을 견뎌야 하는지 모를 때가 있단다. 하지만 인생이란 여러 가지 단면을 가지고 있는 거야. 지금은 이해할 수 없다고 해도 언젠가 네 두 눈에 그 완전한 형체를 담을 수 있겠지.

사람은 그때 성장하는 거야. 엄마도 물론 모르고 실수할 때가 있고, 계속 배워 나가고 있어. 너를 보고도 많이 배우니까.

세상은 너그럽지도, 친절하지도 않단다. 그럴 때마다 잊지 마. 언제나 너를 사랑하는 사람들이 있고 네가 힘들 때 돌아올 수 있고 기댈 수 있는 엄마와 아빠가 있다는 걸. 그러니 기운 내."

나는 엄마가 해 준 이야기에 힘이 솟았다. 부모님은 언제나 나를 믿고 그 자리에서 응원하고 있다. 내가 좌절하고 실망할 때마다 부모님은 내게 용기를 북돋아 주신다. 사랑이라는 이름 아래. 결국 인생이란 사랑에 관한 장황하고 거대한 모험담이다.

머릿속에서 돌아가신 할아버지의 목소리가 들렸다.

'그 영화 기억나지? 〈포레스트 검프〉에 보면 초콜릿 상자 이야기가 나온단다. 인생이란 초콜릿 상자와 같다고. 그런데 젠장, 너도 알잖니. 내겐 당뇨가 있어. 인생이 초콜릿 상자라는 걸 당뇨가 걸린 다음에 알게 되다니.

그래서 내가 하고 싶은 말은 뭐냐면 당뇨에 걸리기 전에 초콜릿을 많이 먹자는 거야. 젊었을 때 인생을 즐겨야 해. 예전에 젊음이란 이것저것 해 보고 실패해도 되는 것이었어.

하지만 요즘은 그렇지 않더구나. 모두가 같은 방향으로 좁아터진 길을 걸어가지. 실패가 두려워 벌벌 떨면서 말이야. 예전과 그 의미가 달라진 거야. 세상에 길들여졌다는 말이지. 준호야, 나는 네가 어떤 인생을 살지 너 스스로 결정하는 사람이 되길 바란다. 나처럼 당뇨에 걸리기 전에 초콜릿도 많이 먹어 두고. 준호야, 두려워 말고 계속 달려 나가거라. 그래야 내 손자라고 할 수 있지.'

그리하여 실패일지도 모를 이 길을 달리고 있다. 저 앞에 달리는 리희의 가방에서 검은 고양이 콩이가 고개를 쪽 내밀었다. 나는 그 모습을 보고 슬며시 미소 지으며 점점 무거워지는 다리를 계속 놀렸다. 우리 둘이 달리는 이 길 위에 다른 모든 것이 사라지고 빛나는 햇살만이 가득했다.

마치 영화의 롱테이크 장면처럼 그 희미한 공간을 리희와 나 둘이서만 달리고 있다. 그 애와 나 사이의 거리가 점점 좁혀졌다. 나는 마지막 힘을 짜내 리희를 쫓았다. 리희의 어깨가 조금씩 가까워지고 있었다.

언젠가 신정산 꼭대기 기상 관측소에 가 볼 생각이다. 아리샘을 기다리는 게 아니라 그곳에서 밤하늘을 올려다보고 싶었다. 지구 밖의, 우리를 둘러싸고 있는 모든 것을 최대한 가까이서 느끼고 싶었다. 그리고 그 순간 내 옆에 리희가 있었으면 좋겠다.

나는 숨을 헐떡이며 리희의 어깨로 팔을 뻗었다.
내 머리 위로 반짝이는 유성 하나가 빠르게 지나갔다.

# 작가의 말

『오늘 밤은 스웰이 넘칠 거야』 1권을 내고 생각보다 녹록지 않은 소설 쓰기를 경험했다. 내가 해 왔던 분야와 같으면서도 다른 점들을 크게 느꼈다. 그리하여 출판사에서 후속권 제의를 받았을 때 망설여졌다. 한 권으로 끝날 거라 생각하고 생각 없이 벌려놓은 모든 걸 수습할 자신이 없었다.

그러나 절대 쓸 수 없다던 머릿속 한쪽에서 작은 목소리가 들려왔다. 사랑을 쟁취하지 못한 준호의 한탄과 '브로'라며 나를 다그치는 말리의 목소리였다. 그 소리가 끈끈이처럼 달라붙어 떨어지지 않았다. 아니, 오히려 몸집을 불려 나가며 질문과 이야기를 만들어 갔다. 그 중심에 흰머리 남자가 있었다.

나는 악당을 좋아한다. 인간적 고뇌를 담은 악당이라면 더욱 좋다. <엑스맨>의 울버린은 주인공이긴 하지만 성격이 급하고 폭력적이다. 안티히어로에 가깝다. 그런 인물이 영화 <로건>에서는 정의를 위해 희생을 하고 부성애를 보여 주면서 우리에게 두 배의 감동을 선사했다.

『오늘 밤은 스웰이 넘칠 거야』 2권에선 흰머리 남자에게서 이런 모습을 끌어내 보고 싶었다. 그의 존재와 목적이 소설 안에서 다

밝혀지지 않았다는 점이 나를 자극했다. 그가 아리 샘의 우주선을 원한 것이 건강상의 문제라면? 지구를 벗어나기 위해 우주선을 원한 것이라면 어떨까, 를 떠올리며 이야기의 살을 붙여 나갔다.

거기에 '리희'라는 새로운 인물도 함께했다. 영화광인 준호가 리희에게 느낀 것은 평범함이었을 것이다. 그러나 평범함이라는 것은 현실 속에서 때로 특별함으로 반짝인다. 그리하여 멋진 것은 꼭 화면 속이 아니라 내 곁에도 존재한다는 걸 리희를 통해 이야기하고 싶었다.

나는 긴 시간 동안 준호와 말리 두 친구를 떠올릴 것이다. 당분간은 코믹한 글보다 진지한 글을 쓸 생각이지만, 가끔 지치거나 힘이 들 때 대책 없이 낙천적인 두 사람을 떠올리며 파이팅을 외칠 생각이다. 가만 보면 인생은 직구가 아닌 변화구 같다. 여러분도 이리저리 흔들리며 변화하는 시간 속에 좌절하지 않기를 빈다. 불안한 유년의 시기를 지나, 각자가 도착하고자 하는 스트라이크 존으로 향하기를.

강경수